文学青年は《ぶんがくせいねんは》死刑に《しけいに》なった《なった》

時祭 恭介
TOKIMATSURI Kyosuke

文芸社

目次

文学青年は死刑になった

文学少年との出会い、別れ

数か月前に貯めた金で買ったセルシオで道路を走る。東京から関西へ向かう高速道路に車を向かわせる。冬になろうとする季節で高速道路入口の手前の歩道には厚着をした人々が多く歩いていた。

助手席に置いてある携帯電話が振動し、運転中に仕事関係の連絡は嫌だなと思いはしたが、通話モードにして運転中でも会話が出来るようにした。誰からだろうと画面をチラリと見ると弁護士の後藤尊徳《ごとうたかのり》さんからだった。

「もしもし？　友永《ともなが》小樽《おたる》さんですか？　やっぱり彼は控訴をしないの一点張りです」

「そう答えると思っていましたよ。予想はしていました」

尊徳さんは少し疲れている様子だった。

「でも、友永さんが言っていることが本当なら死刑になる判決は無期懲役、あるいは懲役何十年かと刑は軽く出来るはずなんです。そうすることが僕の仕事なんですが……」

　尊徳さんは仕事に熱意のある男で自分の仕事に誇りを持っている。そういった部分は尊敬している。

「もしも、彼の死刑が取り下げられたら、それこそ世間からのバッシングはすごいことになるでしょう。彼が犯してしまった罪は許されることではないし、報道する連中も黙っていないでしょう。それにあなたの弁護士事務所にも批判の声が来るかもしれませんから」

「……そう言われると弱いんだよ。こっちにも立場ってもんがある」

　尊徳さんは電話でも分かる残念そうな声を出す。弁護士としてのキャリアは浅く、今回の裁判を引き受けたのも弁護士事務所の代表の反対を押し切ってのものだった。

　二十二歳になる自分は歳の近い彼の心意気には敬意を示したいと思っている。

「まあ、どうしようもないことを嘆いたってしょうがないですよ。気楽にいきましょう」

「はぁ……せっかくキャリアアップに繋がるいいきっかけになると思ったのにな……」

「なに、あなたなら心配せずとも立派な弁護士になれる。それは俺が保証しますよ」

　通話が終わって寂しい気分になったので、テレビ番組を聴きながら運転をしようとカーテレビに切り替えた。テレビの画面には報道番組が流れていた。

「最悪の殺人事件を犯した被告の才原暁《さいばらてる》ですが、現在でもどういった判決になるかと議論が交わされています。死刑判決が予想されている中、これについてコメンテーターの意見を聞いてみましょう」

　司会の蝶ネクタイを着けた男は演技くさい真剣な表情を作ると、初老の心理学者に振った。

「まあ、気が狂っている人間がやるような事件ですからね。こういった事件を引き起こすのは彼の過去も関係しているでしょう。過去には学校で他の生徒に残忍な暴行をして転学しているんでしょう。もっとも幼少時代は違法宗教法人に預けられていた身ですから、その時点で彼の人格は歪んでいたんでしょうねぇ」

　さらに隣に座る派手なネクタイを締めた芸能コメンテーターが意見を述べた。

「被害者の俳優の岩丸大和さんの息子さん、それにミュージシャンの波多野洋平さんの息子さん、女優の浦神千香さんの息子さん、本当にお悔やみ申し上げます。私としてもお亡くなりになった彼らにはお会いしたことがあり、本当に礼儀正しい若い子たちで……悲しい気持ちしか出てこないです……」

真実も知らない……いや、知っているんだろうが、番組サイドはそういった流れにしているのだろう。歪んだ情報を流し続けるメディアに嫌気が差して、前を向いたまま指でタッチパネルを押して違うテレビ番組にする。

「それではいきまーす！　生ダコの躍り食い！　ってほあー!?　吸盤が喉にひっついたー！　ぎょえー！」

身体を張った若手お笑い芸人が死に物狂いで番組を盛り上げていた。規制が厳しくなりつつある時代の中、こういったダイナミックな番組も少なくなるだろうなと思いながら運転をする。

目的地はただ一つだった。助手席に置かれた小説を見た、ある人の感想をある人に伝えるためである。この小説を見た自分にとっては救いの天使であった才原暁の感想は面白いものだった。

車の運転は好きでもあるし嫌いでもある。座ってエンジンの振動を感じながら移り変わる風景を目の前にして、自分の操作で方向が切り替わる感覚は好きだ。ただ同じような風景がずっと続くと過去を思い出してしまい、胸が苦しくなるからだ。

少年の頃、才原暁と出会った。

自分は、物心つく前の幼児の頃から両親は行方が分からず、孤児扱いとして当時孤児を健全に育てるという慈善活動をしていた宗教法人である「シュレディンガー」に預けられ、世間とは隔離された状況の中で育っていった。

少年の頃は祈りの時間や与えられた教科書で、宗教施設の大人たちから教育をされる日々だった。

成長して授業の中に別のカリキュラムが加えられると、自分は武芸の授業を選択した。その武芸の稽古を終えて帰る途中、日陰で読書をしていた少年に出会った。

色白で整った顔立ちが特徴的だった彼になんとなく話しかけてみたくなって、声をかけた。

「なーに、やってんの?」

「『マカーガー峡谷の秘密』」

「?」

目の前にいた少年は目を細めると、読んでいる本を自分に見せてくれた。

「ビアス・アンブローズの小説」

「読書かぁ、って文字ばっかりじゃん。楽しいの?」

シュレディンガーでは当時流行の娯楽物は置かれておらず、漫画や小説は一九六〇年代の古いものばかりだった。

「現代が腐っているのは、現代の娯楽物が堕落しているからである」

シュレディンガーの教祖の男はその信念のため、預けられている孤児たちの娯楽にも徹底して流行物を与えなかった。

漫画を読んでみようと読書室に行ってみたものの、日本の戦争時代を背景とした漫画ばかりだったが、全てあっという間に読破してしまった。個人的にハマった漫画は五体不満足の主人公が全身を武器と化して妖怪を退治するというストーリーだった。

その漫画の影響で武芸の稽古は一日たりとも欠かさず参加していた。

「小説は面白いよ。書いた人の心境、当時の世界をどう思っていたのか、読む人に何を伝えたいのか、白黒の文字の世界には色鮮やかな世界が詰まっているんだよ」

そう言いながら少年は一つの文章を見せてきた。

「人間の顔より、夜の顔？」

「僕はその後の言葉が好きなんだ。『夜の顔に親しみを持つ私、人間が誰しも持っている遺伝的迷信のせいか孤独と、闇と、沈黙に、より多くの興味や誘惑を感ずる私』……」

著者の思いが込められている文章を読み上げると、彼は目を閉じて本を抱きしめた。

「当時のビアス・アンブローズはどんな思いでこの言葉を残したんだろうね。僕はそれが知りたくても知ることが出来ない。でもやっぱりたまらなく気になってしまう。こんな気持ちになるのが好きなんだ」

その時は変わった少年だな、としか思わなかった。しかし次の日も同じように彼は本を読んでいた。

「今日は何読んでいるの？」

真夏の昼稽古を終えて、汗だらけのＴシャツを着替えてオレンジアイスを食べながら、本を読んでいる少年に声をかけた。

「『地球発狂事件』」

なんだかすごいタイトルに思わず自分から彼に近づく。

「何それ？　すごい名前……」

「海野十三の小説だよ。宇宙から地球に知能を持った生物がやってくるんだ」

少年は一つの文章を見せてくれた。

「この広大なる宇宙に地球人類以外の優秀なる生物の存在を想像し得ない者は真に気の毒なる人間である……」

「この小説が刊行されたのは一九四六年なんだ。でも著者が書いたのは一九四五年頃だと推測されている。その時と言えば世界はどうなっていた？」

「第二次世界大戦……？」

その答えに少年はご名答！　と言わんばかりに指を立てて顔を綻ばせる。

「当時の日本人は条約を結んでいない外国人を異常に敵対視していたんだ。それでもこの小説では世界中から集まった専門分野の人間が協力し合って、宇宙からやってきた生物に対してどうするかと考えを出し合うんだ。ロマンが詰まっていると思うよ」

自分と同じ十三歳の少年が壮大な文学の価値観を語っている。当時はシュレディンガーの教祖の言葉を信じていればいいと教えられていたが、徐々に考えが変わっていった。この少年から文学を学んでみたいと思ったのだった。

「俺も小説読んでみたいな。おすすめの本とか教えてよ」

「いいよ。それじゃさ、今度一緒に読書室行ってみようよ。小説コーナーはほぼ僕だけしか使っていないから独占状態だよ」

「そういえば名前は？　俺の名前は友永小樽」

「僕は才原暁。よろしく」

こうして、彼との出会いは純粋な少年時代から始まった。

それからの日々は晄と二人でいる時間が多くなっていった。彼を武芸の稽古に誘うと、身体を動かすのは良いことだ、と納得をしてくれてパートナーを務めてくれた。

意外にも運動神経は良いようで文学少年と侮っていたら、あっという間に互角の相手になったのを今でも思い出す。

武芸の稽古が終われば、順番を一緒に待ってシャワーで汗を流す。その後は昼食を終えてから晄と一緒に読書室で本を読み合った。

本来シュレディンガーの生活では午後は洗礼の時間になるのだが、晄と二人で普通にサボっていた。特にヘミングウェイの小説は『誰が為に鐘は鳴る』や『武器よさらば』など空調の効いた読書室で身を寄せ合って共に読み合う時間は居心地が良かった。

時計の針が十八時を指すと施設のチャイムが鳴り夕食の時間になる。

「それじゃ、また明日」

「うん。また明日」

晄とは宿泊棟が別なのでお互いにそう言って別れて、それぞれの棟の食堂でトレーを持って配給された食事を食べる。

当時よく配給されていた食事メニューは、レーズンパンと大盛りのスクランブルエッグ。そしていわゆる普通の学校で出される牛乳より一回り大きな瓶に詰められた牛乳だった。偏った栄養バランスの食事ではあるのだが、朝と夕食はそんな感じの食事で、昼食は施設が経営している弁当屋から余り物の弁当が配布された。

武芸の稽古の参加者は食事や弁当をお替わりしても良いと許可されていたので、遠慮せずに弁当をお替わりしていた。

そのためか大人になった今でも背は高く、初対面の人には「何かスポーツやっていますか？」と聞かれるほどの体格になった。

「今日の祝い草の水やりってB班だっけ？」

「B班だよ。この前、小樽一人が眠ってしまったんだから、小樽が一人でやるんだぞ」

B班の班長が威張った様子で言う。全員が協力し合って広い畑に植えられた祝い草の水やりをしなければいけないのに、すっかり忘れてしまっていたので渋々了承する。

「ふんふーん♪」

一人は嫌いではないので月が雲に隠れる様子を眺めながら、深夜になりそうな時間まで、広い畑に植えられた祝い草に水をやる。

この時間は自由時間で他の孤児たちは自室でパズルをしていたり、洗礼所でお祈りをしていたり、はたまた夜空を見上げる少年と少女がいたり、それぞれがそれぞれの時間を過ごしている。

「一人でやってるの？」

声をかけられたので振り返ると、そこにはベンチに座りながら本を読んでいた暁の姿があった。

「もうそろそろ終わるんだ。何読んでいるの？」

「『銀河鉄道の夜』」

彼は本を見せると、宮沢賢治が完結することなく残した小説を再び静かに読み始めた。

「今日は星空が綺麗だからさ、宮沢賢治は何を思いこの物語を作ったのか。そして最後に彼はこの物語をどう完結させるつもりだったのか。そんなことを考えながら読んでいるんだ」

「暁はもしも、『銀河鉄道の夜』を完結させるなら、どんな終わり方にする？」

質問をすると、暁は考えを述べた。

「僕だったら、ずっと夜空の冒険を続けるという終わりにするかな。現実の世界に戻って今までの生活に馴染まなければいけないっていうのは、寂しい終わり方だと思う。小樽はどうする？」

「俺だったら、夢の話で終わらせるかな。頭の中で銀河の冒険をしたことを絶対に忘れずに、大人になっても懐かしく銀河の光景を思い出すんだ。そしてあの時、銀河を渡ったというかけがえのない思い出を忘れずに生きていく、って終わりにする」

二人で夜空に広がる数々の星を見ながら、どこか遠くに銀河を走る鉄道があるのでは、と目をこらしていた。

「完結しない物語こそ美しいロマンがある。それだっていいじゃないか」

「夢の中でもいいから乗ってみたいな、銀河鉄道」

そうして晄と別れ、自分の班の寮へ戻ろうとした。

しかし大きなサイレンの音が施設に鳴り響くと、多数の黒い制服姿のガラスシールドを構えた大人たちが押し寄せてきた。抵抗する宗教施設管理者を警棒でなぎ払うと、彼らは孤児たちを確保していった。

宗教組織シュレディンガーが栽培していた祝い草は外国に輸出される麻薬成分を含んでおり、その栽培で違法組織と判定され瞬く間に崩壊していった。

自分は晄と共に警察隊の運転する車で連れていかれたのだった。

シュレディンガーの施設での生活から一変して京都の孤児施設に預けられ、晄と一緒に公立の中学校へと通学することになった。

出生が東京だったので本来は東京の中学校へ行く予定だったそうだが、自分は晄と離れる生活が不安でしかなかったので、移動先を告げようとする福祉協議会の職員に必死に頼みこみ、晄の出身である京都に共に移住することになった。

中学二年の夏の始業式と同時に二人で同じ学校に入り、同じクラスへと案内される。

「今日から同じクラスになります。友永小樽君と才原晄君です。みんな仲良くしてくださいね」

担任の若い女性教師が紹介する。自分と晄は物珍しげに見つめるクラスの生徒たちにおどおどしながら頭を下げる。

「この子たちはねぇ、シュレディンガーに預けられていたのよ。いろいろあるかもしれないけれど、仲良くしてあげてくださいね」

女性教師は付け加えるように、蔑むようなそんな言葉を口走った。

今でも思うのだが自分はともかく晄が道を踏み外した元凶は、あの時の女性教師の言葉だったのではないかと思っている。

自分の感情を誰かの気持ちも考えずに言葉にするのは、非常に危険であり残酷な行為だ。

「ニュースでやってたじゃん。シュレディンガーって麻薬栽培してたんやろ?」

「教祖は孤児を集めて、洗礼と称して快楽行為に浸っていた……とか言ってた」

「あいつらもヤバい行為していたんじゃね？　見た感じ爽やかだけど、気味悪い……」

ヒソヒソと話し声が聞こえる。普通ではない人間を非難する人間の気質は理解したくはないが、人間は生きていくためには集団行動を大事にするようにプログラムされている。

シュレディンガーで現代の世間は汚れていると教えられていた日々だったこともあり、自分と暁は汚れているのは周りなんだと思うようになっていた。

実際、自分たちは麻薬栽培なんて知らされていなかったし、洗礼は女子だけが強制参加だった。シュレディンガーでの日々は自分たちのような境遇の人間には避けられなかったと当時は思っていた。

周りからの異物を見るような視線を嫌に思いながら、暁と学校の図書館で本を読むというシュレディンガーで生活していた時と変わらない学校生活を送るようになっていた。

暁はこんなにも面白い小説があるのかとワクワクしていたし、自分もファンタジーや恋愛小説などシュレディンガーにいた頃には読むことの出来なかったジャンルの小説に夢中になっていた。

　ある日、夕方まで晄と共に本を読んでいた時だった。ガシャン！　と大きな音が鳴り響き、何があったのだろうと二人で物音のする場所へと向かった。

「どうなってんだ？　これ？」

　一階の廊下のガラスは割られており、廊下の真ん中には不自然に金属バットが置かれていた。

「これで誰かが割ったのかな？」

　晄が金属バットを手に取ると目に光が飛び込んだ。眩しくなって光を手で遮る。なぜだか分からないけれど笑い声が聞こえたような気がしたが、不気味に思ったので晄と一緒にその場を立ち去った。

　翌日、教室にはバットを手に取る晄と、割れたガラスを見つめる自分の姿が写っている写真がまき散らされていた。

　教師たちは写真をばらまいた人間ではなく、まず初めに自分と晄を教壇の上に立たせ、反省の弁を述べなさいと言った。

「俺たちは何もしていません。ガラスが割れる音がしたので降りて見に行ったら、あの惨状でした」

「バット持ってたやろ！　それが証拠や！」

「バットは落ちていたのを拾っただけです！　僕と小樽は図書館で本を読んでいただけです！」

「ああ、言ってる意味が分からないー。思考回路がバグってるんだ。きっと洗脳されて後戻りが出来ないところまで脳みそが腐っているんだー！」

生徒の一人が大袈裟なアピールをして言うと、教室は笑い声に包まれた。なおも否定しようと話し始めるが、まるで聞いてくれなかった。

教師に目を向けても教師は呆れたように息を吐くだけだった。

「慣れない環境に不満があるかもしれないけれど、周りに適応する能力をすぐに身につけてください。社会はあなたたちのような人間を許してはくれませんよ？」

わざとらしく憐れんだ目をすると、吐き捨てるかのように教壇に立つ自分たちに教師は言った。

孤児施設でも学校側から注意をされたのか、自分たちは当時の中学生が書く量ではないくらいの多さの反省文を書かされた。

書いても書いても反省の意図が感じられないと、何度も何度も再提出をさせられた。

反省文を学校に提出してやっと受理されたのは夕暮れ時だった。自分と晄は学校の帰り道にクラスの連中と鉢合わせした。

「……何？」

「まあさ、ちょっと用があんだわ」

五人いる連中は晄と自分を羽交い締めにすると、学校の廃品置き場へと連行した。

「そいつだ！　その身体がでっかい方からなぶっちまえ！」

三人がかりで自分はいたぶられた。箒《ほうき》やバットで足を攻撃されると、頭を踏みつけられ、何度もみぞおちを蹴り上げられた。

晄は二人がかりで取り押さえられており、身動きが出来ないようだった。晄の身に危険がないようで良かったと思ったが、自分の身体の痛みは苦痛でしかなく、どうして笑いながら人間を殴ることが出来るのか理解が出来なかった。

「あー、良いストレス解消だわ。悪人を成敗するってなんて気持ちが良いんだ！」

「お前たちが悪いんだもんな。ガラスの前に立ってたのは、お前らだもんな」

「でもさ、あの時ビビったよな？　ガラス割った時、先生たちまだいたんだろ？」

「アホか、そのためにカメラでこいつらの姿、撮っといたんだろ」

「ガラス割る時、すげえ気持ちよかったよな！　またやりてえな」

ゲラゲラ笑いながら、自分を蹴り続ける彼らの姿は悪魔のように見えた。

一人がある物を取り出した。画鋲《がびょう》をびっしりと付けたスパイクだった。

「やってみたかったんだよな。画鋲付き空中フットスタンプ」

「あー、次、俺にもやらせてくれ。画鋲付きスーパーキックな。スーパーキックパーティしようぜ！」

自分は組み伏せられると、画鋲付きのスパイクを履いた生徒が飛び上がり、背中に無数の画鋲が突き刺さった。意識が飛びそうな激痛が脳内をほとばしった。

「！！！！」

痛みに発狂しそうになるが、タオルで口を塞がれて大声を出すことが出来なかった。

「次、スーパーキックな！」

「顔面はやめとけよ。ボディにしておけ」

もう何もかもがどうでもよかった。こんな奴ら殺しても構わない。

脳内にそんな囁きが聞こえる感覚がしたので、足が飛び込んできたら、その足を掴み足首を捻りあげ、横に転がっている箒で反撃をしようと決めた。

武芸の稽古で何度も習った護身術を使おうとしたその時だった。

「ぎゃあああ‼」

「ぐああ‼」

別の場所から悲鳴が聞こえた。その方向を見ると、二人の生徒が悲鳴を上げながら手を押さえていた。

手の指から血がボトボトと滴《したた》り落ちており、地面に血の池が出来ていた。血の池に指が何本も降ってきていた。

降ってきた方を見ると口から血を流し、怒りの表情で我を見失っている晄の姿があった。

「え？」

目の前の悲惨な光景に連中は呆気《あっけ》にとられると、晄はすぐに廃品置き場に置かれていた錆びた釘を手に取ると、画鋲付きのスパイクを足に履こうとしていた男子生徒の足に突き刺した。

「ぎぃぃ‼」

晄は自分を組み伏せていた生徒の手首を取ると、手首の根元から力の限りねじ曲げる。近くにいる自分は手首の血管がブチブチとちぎれる音が聞こえた気がしたが、記憶が定かではない。

「な、なに？　なんなん？　嘘やろ？」

晄はもう一人に狙いを定めると一歩一歩にじり寄っていく。自分は倒れてしまって力が入らなかったが、晄の表情を見た。

冷静な感情は取り払われており、怒りと憎悪で目の前の対象をどのような痛みに苦しめるかを思い描いているような喜びに満ちた目をしていた。

晄は落ちていた画鋲付きのスパイクを手に取ると、怯えて腰を抜かしている生徒の顔面に画鋲を突き付けた。

「ぎいあああ‼　あああ‼」

眼球にも突き刺さっているのだろう。瞳からも涙と血液が混じった液体が流れている。画鋲の針から顔を離そうとするが、晄はそれ以上の力でなおも押しつける。

「確かに気持ちが良いな……悪を成敗するか。だけど痛みを与えるんだったら、お前たちもそれなりの痛みを負う覚悟があるんだろうな⁉」

晄は口から血を滴り落としながら、怒りで我を見失っている。

「僕の大事な！　僕の大事な小樽にひどいことをしたんだ！　殺してやる！　ぶち殺してやる！　地獄に落としてやる！」

「晄……ダメだ……もうやめるんだ……」

痛みで意識を失っている生徒に何度も画鋲付きのスパイクを叩きつけていた晄に、自分はすがりついて止めた。

最後は残る力を全て出して、晄を抱きしめる形で彼を落ち着かせた。

「大丈夫だから……晄……もう大丈夫なんだ」

「……これは……？　なんでこんなことになっているんだ？」

落ち着きを取り戻した晄は怒りで自分がとんでもない惨状を起こしてしまったことに震えてしまう。

「これ……僕がやったのか……こんな……」

晄は鼻につく血のにおいに耐えられず、嘔吐してしまう。

「晄は悪くない……晄は俺を守ろうとしたんだ……きっと大丈夫だから……きっと……」

震える身体の晄を落ち着かせようと、何度も同じような言葉を口にはするが、生徒たちになぶられ続けた身体は力が抜けてしまい、自分も意識を失ってしまった。

結局、晄とは離れて生活しなければいけないことになった。自分に背中の傷や暴行を加えた連中がガラスを割った事件を白状したこともあり、晄は少年院行きは免れたものの東京の保護観察付きの施設で、社会への適応能力を身につけなければいけないことになった。

衝動制御障害の診断が下された暁には、一般の中学校へ通うことはハードルが高いと判断されたのだ。

「いつか、また会えるかな？」

「会えるさ。会ったらさ、また一緒に本を読もうよ。大人になった時に、どういう大人になってさ、どんな本を読んだか、笑いながら話そう」

暁と交わした最後の会話はお互いに笑顔だった。彼の笑顔は残忍な瞳で殺意が全身から滲み出ていた姿と比べると信じられないくらい優しさがあった。

それが彼の本当の姿であることを自分は知っている。彼が東京行きの新幹線に乗っていく姿を見送る。

もしも、あの時に自分が連中を返り討ちにして、思いのままに暴れていたら立場が変わっていたのだろうかと思ったが、そんなことを今さら考えても意味はないと気持ちを切り替えた。とにかく大人になって暁と会った時に、お互いに逞しくなっていたいと未来に希望を込めて生きていこうと考えた。

学校での日々は変わった。事件は解決したものの、連中の一人は両目失明、また一人は片足切断、指をなくし野球が二度と出来なくなった二人の生徒、刺さった釘が肺一歩手前まで届いたことにより走ることもままならなくなった生徒、五人共に中学校を転校し自分はいじめられることはなくなったが、恐怖の対象として扱われるようになり、教師ですら自分に対してよそよそしい態度だった。

休みの時間も授業中も何も感じないでいる時間が流れ、胸が苦しかった。早く中学校を卒業して遠くの場所で暮らしたい。中学校に在学している時は四六時中そういった願望があった。

中学校三年生になり、進路相談で孤児施設の代表に全寮制の高校に入りたいと話して渋々了承してもらえた。成績はいい方で試験も合格し、部活動も空手部に入部することで滋賀の全寮制の高校へ進学することになった。

「向こうに行ったら、シュレディンガーに居たこと、晄が起こした事件のこと、口にはしないようにな」

「どうしてですか？」

手で触るのも気持ちが悪くなるような中学校卒業証書を手に持つ自分に、孤児施設代表は最後の別れの時に言った。

「人間は変わった境遇で育った人間を奇怪な目で見る。やがてその目は非難する目になりその人間を追い出そうとする。君は賢い人間だ。それに運動も出来る。周りに順応するようにすれば楽しい生活が出来るはずだ。君にはもっと楽しい思い出を作ってほしい」

しゃがれた声で代表は優しく言ってくれた。彼も自分のことを心配してくれているのが分かって安心したのは今でも覚えている。

「代表。世間知らずで、常識も持たない自分を育ててくれてありがとうございました。ご迷惑ばかりかけた日々でしたが、本当に感謝しています」

「君はまだまだ若い。未来を楽しいものにするために、どんなことでも真剣に取り組むといい。興味が湧いたことには、どんどんとチャレンジすればいい。元気でな」

迷惑ばかりかけて旅立つ自分に、微笑んだ代表の瞳はおおらかで、立派に育ってほしいとの願いを込めた慈しみに満ちたものだった。

自分は彼に一礼をして、育った孤児施設を離れ高校に向かう電車に乗り、窓に映る琵琶湖を眺めた。

新たな生活に希望を込め、そして新しい自分を見つけるために広大な湖を目に焼き付けた。

滋賀の高校生活は振り返ってみても充実している日々だった。寮での暮らしは自然に囲まれた場所で快適だったし、食事も不自由しなかった。

寮に入る生徒は地域の貢献活動に参加する義務があるのだが、自分は林業の手伝いに参加し、無精髭を生やした大男たちに交じって朝早くに切り落とした木の株を運ぶ毎日だった。

空手部に入っていたので、練習と朝の切り株運びは身体にはハードだったが、毎朝林業の親方の家で振る舞われる豪華な朝食がエネルギーになった。

ぼたん鍋を作って食べさせてくれたり、隣の牧場で育った牛のステーキやチーズフォンデュなど、大人になった今ではもっと味わって食べるべきだったと笑ってしまいそうなものだった。

寮で相部屋になった生徒も面白かったこともあり、退屈しなかった。

「俺はエロ漫画が大好きなんだ。エロ漫画があれば男は生きていける」

自分の数少ない名前を覚えることの出来た空手部の同僚であり、大阪から越してきたたソフトモヒカン頭の宮本政宗はありったけの漫画を部屋に持ち込んでいた。

なんでも大阪の高校に進学せずに滋賀の高校にやってきたのも、家族と離れて自分の趣味を誰にも邪魔されたくないという理由だった。それでも家族と仲が悪いのではなくて、しっかりと毎日連絡を取り合っていたりしていたので、家族思いの人間なんだと知ることが出来た。

最初こそ自分は暁との別れから誰とも仲良く出来ることはないだろうと思っていたが、政宗とは少しずつ関係を築いていったように思える。自分は就寝前の十時に宿直の用務員室に出向き新聞や格闘技の月刊誌、スキャンダル系の雑誌などを読んでいた。小説などはあまり読まないようになっていた。

小説を読んでいたのは暁と感想を話し合ったり、登場人物の心境を議論したり、そういったことが楽しみだったので、暁がいなくなってからは話題になった小説以外は読むことは少なくなった。

それでも活字中毒者になった自分は文字を見るのが好きで、新聞を見て時代の流れを読み取るのが趣味になった。

自分が用務員室に出向いている時に政宗は大好きなエロ漫画に没頭するという、それぞれが個人の時間を尊重して、いつの間にか空手のパートナーでも呼吸が合うようになり、お互いに切磋琢磨出来るようになった。

一度、大喧嘩したことがある。それは自分が用務員室から部屋に戻る時にノックをするルールを忘れてしまい、下半身丸出しの政宗と遭遇してしまった。

「ってお前ノックせんかい！」

恥ずかしさで真っ赤になった顔で襲いかかってきたので、反射的に上段回し蹴りを放ってしまった。クリーンヒットしてしまい、彼はさらに怒ってしまい揉みくちゃの喧嘩になってしまった。

騒ぎを聞きつけた空手部の主将に首根っこを掴まれ、制裁された。理由を話し、呆れかえられた後、罰として夜中の一時から三時まで寮の外でスクワットを政宗とさせられた。

三時になり、お互いにヘロヘロの状態で部屋に戻るとベッドに倒れ込んだ。

「そもそも俺たちが喧嘩した原因ってなんだっけ？」

「ちょうど良いところでお前がノックしないで入ってきたんだよ」

「ちょうど良いところって？」

「俺が一発出そうとしたタイミングだよ……！」

「……」

静かな間が生まれ、二人ともこらえきれずに爆笑してしまった。なんてくだらないことで若い自分たちは喧嘩をしてしまったんだろう。

あまりにも馬鹿らしくて腹筋をつらせながら笑い合った。政宗との共同生活は本当に退屈しなかった。

高校を卒業したら大学に入ったらどうだろう、と空手部の顧問からも担任の教師からも推薦された。空手の大会では県大会に出場する程度ではあるが、認められる実績であるし、学業の成績も担任の教師からは文句なしと言われる通知表を渡してもらえるほどだった。

自分も大学に入り、体育の教師の資格を取るか、国語教師の資格を取るのも良い将来だと思えた。

ちなみにルームメイトの政宗は滋賀の建築学校に入学して、実家の建設会社を引き継ぐことを決めていた。

「せめて今のうちに、大学に入った時に遊べる金は稼いでおこうぜ」

政宗の提案で部活動も引退して暇になった夏休みの期間に、県内のプールの監視のアルバイトを始めることになった。

林業の仕事とはまるで違い、プールサイドに立って走り回る元気な少年少女に、走ってはいけないよ、と言えばいいだけの仕事だったので気楽だった。一週間で五日間、五時間の勤務で、その月は十万円ほど稼ぐことが出来た。

「あなたって、あそこの学校の子？」

「あそこって？」

ある日、いつものように照りつける太陽の下プールサイドに立っていると、ハイカットタイプの競泳水着を身につけた自分と同じくらいの歳の女子高生に声をかけられた。

「琵琶湖の先の学校よ。だいぶ前に水泳部の合同練習に行った時、体育館で空手の練習していたでしょ？　空手部の子でしょ？」

「うん。そうだよ」

彼女はキャップを外して、水に濡れた長い髪を手で梳《す》かしていた。

「あそこって全寮制でしょ。ここまで遠いのによく通いで来てるね」

「交通費を出してくれるんだ。でもね、ここだけの話なんだけど、俺は自転車で通っている。そうしたら電車代も一儲け出来るって寸法だよ」

そう言うと、彼女は仰天してしまった。

「自転車って……片道でもすごいかかるでしょ？」

「片道二時間くらいかな？　でもその道中が楽しかったりするからね。道の途中でラムネを飲んだりして。暑い日に飲むラムネはすごく美味しいんだ。雨が降っている日は最悪だけど」

「なーに、それ」

彼女は気さくに笑った。彼女は毎日プールに通っているらしく、水泳部として大阪の体育大学の推薦入学も決まっていて、暇を持て余している間は水泳の個人練習をしていると言う。

初めて出来た異性の繋がりだったので、自分は彼女のことを知りたいと思い、バイトが終わってからも彼女と一緒に水泳の練習に付き合った。

彼女は将来、体育の教師になって水泳を教えたいと言っていた。

「のみ込み早いね。運動神経良いんだろうね」

「教え方が良いんだよ。きっと」

若い男女が同じ時間を共有すれば当然関係は深まる。自然と彼女と男女の関係になり、プールの人気《ひとけ》のない場所で何度も身体を重ね合わせた。

水泳着を身につけたまま彼女の身体を自分の本能のまま愛でるのは、たまらなく興奮したものだ。

「ねえねえ、今度デートに行こうよ」

ある日、三度の性交を終えて口元を拭った彼女は言う。

「琵琶湖の近くにアウトレット出来たでしょ。そこでさ、映画見たりとか服買ったりしてみたいな」

「何か面白い映画ってやっているかな？」

自分は水泳着を穿きながら、今朝の新聞で見た近日公開の映画を思い出していた。

「好きな俳優が出演してる『邪道転生』も面白そうだし、海外のアクション映画も見てみたいけど、なんか話題のやつあるじゃない？」

彼女は思い出したように言う。

「ほらドキュメント映画、『シュレディンガーの真実』。昔、宗教組織のシュレディンガーの実態と教祖の行いを再現化した映画。結構すごくて、人気あるみたいだよ」

彼女の言葉に自分は葛藤する。彼女には自分の過去を話すべきだろうか。かつて自分がシュレディンガーの施設で育ったことや離れるきっかけ、身体を何度も一つにした彼女には自分の真実を伝えたかった。

「あのさ……実は……」

勇気を振り絞って彼女に真実を告げることにした。初め、彼女は冗談だと思っていたが真剣に話し始める自分に疑いの表情をする。

そして最後まで話を聞き終えると、身体を震わせながら顔面は蒼白となった。そして足早に自分の元を去ろうとする。

「え、ちょっと?」

「私たち、もう会わないようにしよ?　私もこのプールにはもう来ないから」

「なんで?　どうして?」

「あなた、普通じゃない。見た目は格好良くて性格も優しいのに、そんな普通じゃない人生の人と一緒にいたら絶対に嫌なことが起きるんだもん。だからあなたとはこれっきりでサヨナラ。私の処女を奪ったの許さないから」

水泳着をしっかりと着ると彼女は自分の目の前から去っていった。名前は七花といったろうか、名字を知ることもなく、それから彼女とは会うことはなくなった。

呆然とした自分は、普通に大学に進学するのはやめようと思ったのだった。


大学に進学するのをやめるとなれば、就職をしなければいけない。夏休みも終わってしまい急な進路変更に担任の教師も困った表情をしていた。空手部の顧問は親身になって心配をしてくれた。

「もしなんやったら、知り合いのところ紹介してやろか?」

知り合いの冷蔵庫製造工場や警備会社などいろんな働き場所を紹介をしてくれると

言ったが、自分としては自分の力で就職先は見つけたいと思い、断った。

それに就職するなら、晄が住んでいる東京で働き口を見つけたいと考えたのだ。

「とはいえ、東京は恐ろしいところやで、花の都とはいうけど、見事にわしの夢は散っていったよ」

用務員室で相談がてら話すと、用務員のおじさんは腰をもみほぐしながら昔を懐かしむように言った。

「わしも昔は俳優を夢見て上京したもんや。でも来る日も来る日も演劇の稽古と夜のバーガーショップでバイトの日々でな。演劇も来る客なんて、五人とか〇人の時だってあった。ある日なんて酔っ払いの客がステージに上がってな、言うんや。『俺は今日バンドを解散したぜ！　夢なんてクソ食らえだ！　お前らもくだらねえ夢見てねえで現実を見ろ！』って。わしはなカッとなって、そいつ蹴り飛ばしてやったわ」

おじさんは蹴りのモーションを見せるが、形は滅茶苦茶だった。

「でもな、悔しいかな。結局は四十になるまでわしは夢を叶えることは出来なかったんだ。結局はわしも借金こさえてでも、養成所に通ったり演劇の学校に入るなりして、しっかりとした道筋を歩くべきやったんやろな」

おじさんは話の合間に「食うか？」と廃棄予定だったエクレアを渡してくれた。

用務員室に行くと、いつもおじさんは両手いっぱいに廃棄予定のパンやおにぎりを渡してくれた。これのおかげで夜食に困ることはなかったし、ルームメイトの政宗にも分け与えることで距離も縮まることが出来たし、寮に住む空手部のみんなにも分けて自分は空手部の信頼を得ることが出来た。

もしかしたら、高校時代の一番の恩人は用務員のおじさんだったかもしれない。

「四十になる俳優志望のおっさんなんて、周りから見たら哀れなもんやろな。わしも現実に負けて、それからは用務員一筋や」

「……夢に対して、悔いとかってありますか？」

その時に自分がした質問は何とも失礼極まりないものだったと思う。世間も社会も知らない若造が荒波を知る人間に聞くべき質問ではない。

しかし、おじさんは笑いながら答えてくれた。

「滅茶苦茶悔しいよ。でもな、坊主。その悔しさが今のわしの生きるエネルギーになってるんや。夢に破れたからってなんやねん。夢に破れた人間が新しい夢見たらいかんのか。夢に破れた人間が幸せになったらいかんのか。わしはわしの生き方を馬鹿にした奴らを見返すくらいに頑張って生きてやるって決めたんや」

おじさんは携帯電話を取り出すと、笑顔のおじさんと笑顔の少女の写真を見せてくれた。

「わしの娘や。わしの娘を立派に育てることが、今のわしの夢や」

おじさんが食べている食事は、いつもご飯の上に目玉焼きを載せたおじさんが作った弁当だった。娘を育てるために出費を抑えて、自分を犠牲にしている姿は今思えば彼も立派な大人であり、自分も見習うべき姿だった。

「でも、現実的な話。俺どうしたらいいんだろう？　なんか求人出している新聞社とかないかな？」

せっかくおじさんが素晴らしい話をしてくれたのに、空気を読むことの出来ない若造だった自分は雰囲気をぶち壊すような話の切り替えをする。

「それやったら、ここの出版社がなんか求人出しとるぞ」

おじさんは読んでいた情報誌の週刊インディーテイカーを見せてくれた。

「リトルライト社の週刊インディーテイカー編集部？　ここってスキャンダルばっかり取り上げている週刊誌じゃん」

「でも結構ここ人気あるで。わしも三つくらいコンビニ歩き回って、やっと手に入れることが出来るぐらいや」

おじさんと一緒に求人の要項を見てみる。要項には高校を卒業。元気でやる気のある若者を募集しています！　と月並みなことが書かれていた。そして四〇〇字詰原稿用紙に入社したい思いを書いて提出するように、と書かれていた。

「坊主、新聞とか情報誌好きなんやから、思い切って応募してみたらどうや？　タダで情報誌とか読み放題やで」

「うーん。やってみようかな？」

思い立ったが吉日。ということでおじさんが四〇〇字詰原稿用紙を用意してくれると、自分はシャープペンを持ち、すらすらと入社希望のメッセージを書き込んでいった。

情報誌をいつも読んでいること、新聞などは目を通しており、社会情勢の知識を活かしたいこと、そして人間が求めるべき真実についてなど、頭の中に浮かぶワードをどんどんと書き込んでいき、いつの間にか原稿用紙は十枚を超える分量になってしまった。

「書き過ぎですかね？」

「いや、ええやろ。こういうのはやり過ぎくらいがちょうどええねん」

原稿用紙をリトルライト社に送ると、すぐに面接をしたいと寮に手紙が来たので、制服を着て東京の新宿にあるリトルライト社の社屋で面接をした。すると、週刊インディーテイカーの草壁英二編集長から開口一番に言われた。

「高校を卒業したら、ここで働きなさい。君の力を是非とも活かしたい」

文学青年との再会

滋賀の高校を卒業し、上京して、その後は凄まじい勢いで社会の波に揉まれる毎日の中で、今の自分がある。

大人になった自分が今運転する車は、高速道路でちょうど青春時代を過ごした滋賀を通るところだった。

滋賀を抜けて京都をあっという間に過ぎ大阪へ、そして兵庫まで車を走らせ、明石海峡大橋へと渡る。昼過ぎの時間なのでトラックが多く、先ほどまで余裕のあった気持ちを引き締めて運転をする。

パーキングエリアでコーヒーを飲んだり、名物のソフトクリームを食べてみたい気持ちはあるものの、そんな時間があるなら距離を縮めた方が効率的だと考えてしまうのは、自分がいかに面白くない人間なのかが分かる。

そのため眠気覚ましにあらかじめ買っておいたミント味のタブレットを噛み続け、

空腹を凌いでいる。

明石海峡を渡りきり、淡路島に入ると目的の場所へと向かう。

〝グリーンハープ病院リハビリテーションセンター〟の看板が見えると、駐車場に車を停める。

病院の玄関へ向かうと、受付の係に運転の疲れを見せないようにしながら尋ねることにした。

「お疲れ様です。南織江《みなみおりえ》さんのお見舞いに来た者なんですが……」

「あら、友永小樽さんですね？」

それほど面識のある受付の人ではないので、自分の名前を覚えていることに少し驚いてしまった。

「織江さんのお見舞いに来るのは友永さんくらいですから。織江さんも楽しみにしているんですよ」

「は、はあ……」

熟年の女性受付係は微笑みながら、織江さんが個室を離れて、海辺の方へ散歩に行っていることを伝えてくれた。軽く礼をしてから海辺の方へと向かった。

関西の海というのは不思議なもので、大阪の方向を見ると緑色に見え、その中には入りたくないと思うものの、四国の方を見てみれば澄み渡る色になっている。もっとも東京の海なんかと比べれば、大阪の海は美しく見えるくらいだと思いながら、砂浜に座る女性を見つけた。

　彼女こそが自分が会おうとしている南織江である。彼女は付き添いのグリーンハープ病院の院長である桜野有希に見つけた貝殻を自慢していた。

　金髪のショートヘアの桜野院長が織江さんに微笑み、彼女が笑い返す姿はまるで姉妹のように見えた。

「こんにちは、織江さん」

「あ、小樽さんだ！　こんにちは！」

　織江さんは笑顔で挨拶をしてくれた。二十歳の彼女の無邪気に微笑むその姿は、純粋無垢な少女のようであり、桜野院長と同じショートヘアではあるが桜野院長よりは少し髪が長い。その髪型が似合っていて、丸っこく愛嬌のある顔立ちは写真に撮りたい気持ちにすらさせる。

「潮風が気持ち良いですね。この場所にはよく来るんですか？」

「そうなんです！　今って波に乗ってくる貝殻が集められるんですよ。これなんて、ほら星の形してるでしょ！」

彼女は足下に置いてあった貝殻を見せてくれた。歪《いびつ》な形をしているが、確かに見ようによっては星の形をしている貝だった。

「それにしても小樽さん。またはるばる遠いところから、どうしたんですか？」

「ああ、これですよ。もしかして忘れてしまったんですか？」

先ほどまで車の助手席に置いていた書類を彼女に見せた。

「あー。これですね。どうでした？　どうでした？」

彼女に書類を渡すと期待に満ちた表情をしていた。この書類は彼女が書き上げた小説だった。

「そうだな……これを読みたがっていた人は、すごく面白いと言っていたよ。ただ……」

自分も彼女の書き上げた小説を見たのだが、これがなかなか興味が引き立てられる内容だった。

ストーリーのあらすじは、城を建てようとするお姫様が様々な困難に見舞われながら、城を築き上げていくというものだった。

最初はお姫様の威厳を保つためにお城を作り上げるつもりだったのだが、建築家の男と恋をするようになり、城作りをしていく中、城壁を作る際に必要な岩集めや木材集めなど、人手が足りなくなるとお姫様は建築家の男と共に資材集めをすることになる。

そういった過程で、城作りをサポートする人間の生き様や人生を知って、お姫様は自分の考え方が変わっていき、この城を作ることはどういう意味があるのかと考えていく展開がとても面白かったのだ。

しかし自分は、この小説を何よりも読みたかった男の感想を彼女に伝えることにする。

「この物語を、ハッピーエンドで見てみたいと言っていました」

「ハッピーエンドかぁ……難しいなあ」

織江さんは書き上げた小説を手に持ちながら、悩んでいるようだった。

「でしたら、でしたら。もう一度、書いてみます！　絶対にその人が満足するような小説を書いてみますね！」

「期待しています」

彼女が奮起する様子に、彼女の小説を見た才原晄の姿を思い出しながら、自分はまた来ることを告げ、その場を去った。

車でそのまま東京へ帰るのもまだ早いと思い、病院内の自販機でコーヒーでも飲もうと思った。冷やし飴風の飲み物もあり、関東地区の自販機と関西地区の自販機の違いを見ることが出来るのが面白い。ブラックの缶コーヒーを飲もうとしたのだが、生憎《あいにく》売り切れの状態になっていた。

「抹茶オレとか、おすすめよ」

立ち止まってどの飲み物を飲もうかと思案していると、自分の身体の隙間から千円札が自販機に入れられ、白衣の長袖の細い腕が伸びて、指で抹茶オレの缶飲料のスイッチが二回押されると、二本の抹茶オレががこん！　と音を鳴らして出てきた。

「どうぞ」

眼鏡をかけた白衣姿の女性は、先ほどまで織江さんに付き添っていた桜野院長だった。

「ありがとうございます。いただきます」

丁重に礼をして抹茶オレを受け取る。桜野院長は優しく微笑み、眉毛をくいくいとあげる仕草を見せる。元々女優を目指していた過去があるらしく仕草に気品があった。

「一緒に飲みませんか？　少しお話ししたいこともありますし」

「あー、どうしようかな」

しどろもどろな回答をすると、桜野院長は人差し指を振る。

「ちょっとしたデートの誘いだと思ってもらって結構よ」

「それじゃ、少しだけ」

二人で談話室へ向かうと、二人で同時に抹茶オレの蓋を開ける。温かな湯気の中に抹茶のほろ苦い匂いと、甘く仕立てられたクリームの味わいがとてもマッチしていて美味しかった。

「あの、織江さんは？」

「疲れて今は眠ってしまっているわ。さっきあなたが渡した彼女の小説を、大事そうに抱えながらね」

「そうですか」

談話室に置かれている巨大な液晶テレビでは関西のローカル番組が放映されていた。二人でその画面を見ながら、静かに抹茶オレを飲む。

「記憶喪失ねえ……」

ふと、桜野院長は織江さんの症状を口にした。

「東京の病院だと人がごった返しているから、自然溢れるこの場所で安静にしながら、ゆっくりと記憶を取り戻していく。それは確かに正しいことだと思えるし、私も賛成なんだけどね……」

桜野院長は大きく息を吸うと、神妙な顔つきになる。

「彼女が病院に運ばれた時に彼女は睡眠薬と抗うつ剤を連続大量服用していた……二十歳の女の子が一人住んでいるアパートで誰にも見られない中、こういうことをするというのは彼女はどうしたかったのか……分からないわけじゃないわ」

桜野院長は目を閉じながら眼鏡を外す。美しい顔立ちながら目元にはうっすらとクマがあるのを見て、彼女も自分と同じくカフェインに頼る生活をしているんだろうと思った。

「彼女が記憶を取り戻した時、彼女はどうなってしまうか……ですか?」

「それだけは分からないわ。でもね不思議なの。あなたが持ち込んだ彼女が書きかけだったという小説。あれを目の前にすると一心不乱、夢中になって文章をシャープペンで書き始めるの。何か……なんだろう?　彼女の本来の姿が呼び起こされているっていう感じかしら?」

桜野院長は織江さんのその姿を思い起こしているのだろう。口元を緩める。

「本当に楽しそうなの。生きている今が楽しいって、そんなエネルギーすら感じるわ。間違いなくそれは彼女にとって、プラスに働いていることだと確信を持って言えるわ」

「そうであることを切に願います」

桜野院長は携帯電話を取り出すと、キーパッドの画面にした。

「電話番号を教えてもらえるかしら？　織江ちゃんの状態を報告したい時とか緊急の時とか小樽さんに連絡したいですから」

「分かりました」

自分は連絡番号を桜野院長に教えると、桜野院長も彼女の電話番号を教えてくれた。

「デートの誘いとか、いつでも待っているわよ」

「遠距離恋愛は成就しないと思っている派ですよ、自分は」

「あら、奇遇ね。私も同じ考え方」

二人で軽口を言うと、テレビ画面では関西で活動しているお笑い芸人が人気コーナーを紹介している場面だった。

「このコーナー面白いのよ。人気があるの」

桜野院長は楽しそうにテレビを見ていた。自分も同じようにテレビの画面を見ることにした。

「今回の関西の社長さん、出てこいや！　パート12はこちら！　大阪で人気急上昇の建設企業。株式会社宮本建設です！　それでは紹介いたします。敏腕社長の宮本政宗さんです！」

テレビの画面にはお笑い芸人に紹介され、かつて見慣れたルームメイトが作業着姿で映っていた。

「社長の部屋には何がありますかね？　おお、パソコンが二台に建設用の図面がずらりとあります。うん？　これはなんですかね？」

お笑い芸人が机の上に置かれている雑誌を拾う。慌てて政宗は隠そうとするが、テレビ画面に映ったその雑誌はエロ漫画雑誌だった。

「やーねー。もう……」

桜野院長は顔を赤くしながら、笑いをこらえていた。エロ漫画の下に週刊インディーテイカーの雑誌があるのが見えると、自分も嬉しくて笑ってしまった。

政宗に負けないように明日からも仕事を頑張ろうと思い、立ち上がって笑い続けている桜野院長に別れを告げて、駐車場に向かいセルシオに乗り、東京へ向かった。

長い運転を終えて、市ヶ谷のマンションへ戻ると、すぐさまシャワーを浴びて冷蔵庫からゼロカロリーサイダーを取り出し、グビグビと飲みながらカフェイン剤を一錠飲み込む。

時間は夜の十時。パソコンを起動させて、週刊インディーテイカーに掲載するための記事を書くことにした。

先輩から頼まれていた記事や担当している宣伝記事のチェックを終わらせると、パソコンの横に置いていたレポート用の記事を手に取り、その内容に目を通す。

その記事は才原暁が加害者となった二世芸能人惨殺事件の内容だった。

……九月二十六日、才原暁はデリバリーヘルスの送り迎えのサービスで利用していた浦神岳氏、岩丸裕貴、波多野順平の送迎中に車がガードレールに衝突。

才原被告は車を降りると浦神岳氏を路上に投げ出す。持っていたボールペンで眼球をえぐり出すと、耳からボールペンを貫通させるように突き刺し、今度は岩丸裕貴の頭を曲がりくねったガードレールに押しつける。

さらに、才原は素手で岩丸裕貴の鼻の穴を捻りあげ、鼻を根こそぎ引きちぎってしまう。続いて、才原は追い打ちをかけるように割れた車のガラスを手に取ると、岩丸裕貴の喉元にガラスを突き刺し、殺害。

この時点で浦神岳氏は亡くなったと推測される。

ここで騒ぎを聞きつけた周囲の人たちが、この模様を目撃したが才原暁の異様な状態に誰も近づくことは出来なかったという。

そして、怯えて周囲に助けを求める波多野順平に対し、才原は陰部を何度も踏みつけ、原形すら残っていないような状態にする。

発狂し、逃げようとする波多野順平の頭部を掴みあげると、コンクリートの地面に何度も叩きつける。

最後に顔面を見るも耐えない状態にさせると、才原晄は波多野順平を寝転がせ首元を踏みつけ、息の根を止めた。

三人の命を奪い、車の中にあった機器を破壊した後、才原晄はしばらく立ち尽くすと倒れるように意識を失った。

ここで目撃者の一人がようやく警察に連絡。

数分後、駆けつけた警察隊によって才原晄は現行犯逮捕。

彼は殺害容疑を認め、被害者遺族の求める求刑の死刑を受け入れる意思を示している……。

内容を見るとその現場を想像してしまい、吐き気がこみ上げてきた。喉からせり上がってきそうな液体をコップに入れたサイダーで流し込み、こらえる。

週刊インディーテイカーに載せる才原晄に関するレポート記事を書きながら、晩飯としてキムチの小皿と納豆を三パック、そしてツナ缶を三缶食べた。

一人暮らしを始めた時はパスタなどを作ったり、豚肉を焼き、ご飯の上に載せて食べたりしたが、後片付けが面倒になってしまい、家で食べる食事はいつもこんなメニューだった。

「もう一時か……」

時計を見ると日付は変わってしまい、明日から始まる仕事に支障が出てしまいかねない時間になってしまった。

食べ終えた納豆のパックはチラシに包んで生ゴミの袋へ入れ、ツナ缶の空き缶はシンクに放り込み水につける。

「ハッピーエンドかぁ……難しいなあ」

ふと織江さんの言葉が思い浮かんだ。彼女は今どうしているのだろうと思う。流石《さすが》に病院は就寝時間のはずではあるが、昼の時間に眠ってしまっていたら、今の時間は目が冴えているだろう。

もしかすると才原暁が求めていたハッピーエンドを彼女は思案しながら、小説のエンディングをどうしようかと、考えを巡らせているのかもしれない。

部屋のカーテンを開け、遠くの町の街灯がどんどんと消えていくのを見てから、部屋の電気を消して眠りにつくことにした。

朝の六時に目が覚めると台所に向かい、ドラッグストアで買った徳用のプロテインドリンクと、冷蔵庫の中にあったバナナを二本食べる。

歯磨きをして、長くなりかけた髪の毛を調えると、コートを着て仕事先のリトルライト社新宿ビルへと向かう。

新宿まで電車で出て、スクランブル交差点を渡り、ビルが林立した中にあるリトルライト社新宿ビルに入り、週刊インディーテイカー編集部のオフィスに入る。

「おはようございます。草壁編集長」

「ああ、おはよう。小樽君」

この日も朝一番に出勤しているのは、自分の担当している週刊インディーテイカー編集部の編集長である草壁英二だった。

年齢は四十歳に差し掛かろうとしているが、サイドに刈り上げた髪がオシャレで活発な印象がある草壁編集長はブラックコーヒーを飲みながら、締め切り間近の原稿のチェックをしてハンコを押している最中だった。

草壁編集長のデスクは綺麗に整えられており、デスクの上にはリトルライトに入社する前に生業《なりわい》としていた戦場ジャーナリスト時代の写真や、彼が育てている姪っ子の琥珀ちゃんと一緒に写っている写真が飾られている。

自分の作業を始めようと専用デスクに座った時に、一人の社員が急いだ様子で出勤してきた。

「だー！　遅刻だ！　遅刻してはいないけど、締め切り間に合わねえから遅刻だ！」

大急ぎで現れた男性社員は自分の横のデスクに座り、ドサドサと鞄からメモ帳や資料、さらには紅茶の紙パック飲料やチョコレート菓子まで放り出しながら、慌てている様子だった。

「宏人さん。金曜日に、全部終わらせたんじゃないんですか？」

「花金だぞ？　俺はな、金曜日だけは定時で帰るって決めてんの！」

横に座る六歳年上の先輩である鈴木宏人《すずきひろと》さんはくせっ毛の髪を乱しながら、ノルマである彼の作業を早速始めた。

入社した時は仕事の仕方や編集者としてのイロハ、大人になってからは酒の飲み方や楽しみ方まで教えてくれる楽しい先輩であった。

しかしどうにも慌ててしまうと自分を見失いがちで、それが仇《あだ》となりミスをしてしまうことが多い。しかし人としては面白く楽しい人なので嫌われることはなく、そんな彼を周りの人間はしっかりとサポートしている。

「なあなあ、樽坊、手貸してくれないか？」

午前十一時になり、編集部は電話や原稿の執筆作業など、勤務する者はそれぞれに忙しく手を動かしている。

自分が入社した時はまだ十八歳だったので、

「まだ、大人じゃないから、坊主だな。お前のことは樽坊と呼ぶことにする！」

宏人さんはがっはっはっ、と大人ぶって言うが、当時の宏人さんも大人というより、元気な大学生風の印象だったので、変な先輩に目をつけられたな、と思っていた。大人になった今でも宏人さんは自分のことを樽坊と呼ぶ。もう慣れてしまい、一生、宏人さんは自分のことを樽坊と呼ぶのだろう。

「昼頃までには、自分の担当は落ち着きますけど……」

「頼む！　二ページの占いコーナー書いてくれない？　そこまでやってくれないと、どうしようもないんだ！」

「またいつもみたいに、ローテーションでふたご座を一位にして、かに座を十二位にしたらいいんじゃないですか？」

「あー……それな、それとうとう読者に感づかれた。この前ネットサイトでインディーテイカーの評判見たら、占いコーナーに何か法則がある可能性アリって書き込みがあったんだよ。しばらく占いローテーション使えない」

「そうなると手がかかりますね……昼からやって定時過ぎまでやって、終わらせられるか……」

「頼む！　昼飯奢るから！　ゴールデン街の流行の焼き肉定食奢ってやる！」

「……晩飯もだったらＯＫですよ」

そう言うと、宏人さんはぐぎぎと歯を噛みしめる。

「よし分かった！　麺面麺の増し増し奢ってやる！　なんだったらチャーシュー丼もセットだ！」

「ＯＫ！　いっちょやってやりましょう！」

食事を奢ってもらえると自分は一気に作業に力が加わり、極上の昼食と夕食にありつける喜びに一日が楽しくなるのだった。

宏人さんの残していた仕事を手伝い、定時の六時に終わることが出来た。

「やっぱり月曜日と金曜日は、定時に終わるに限るな」

宏人さんは首をコキコキと鳴らすと、見ていて爽快に思えるほど背中を伸ばす。

「さてと、先輩として約束は果たさないとな。樽坊、メシ食いに行こうか」

「ええ、行きましょう」

宏人さんと一緒にタイムカードを押して、編集部を出る。ちょうど廊下で草壁編集長と出くわして、少し気まずくなってしまった。

「あ、編集長。お先に上がります」

宏人さんは、この日はまだ残るであろう草壁編集長に申し訳なさげに帰りの挨拶をする。

「気を遣わなくてもいいよ。仕事はしっかりと終わらせているんだ。俺だって残っている仕事は納期の確認だけだから、早めに終わるよ。気にせずに楽しんでおいで」

草壁編集長は「また明日」と言い残すと、手にコンビニで買ってきた軽食を持ちながら編集部のオフィスへと入っていった。

「編集長……あれが昼飯なんでしょうね。今日は昼から企画会議して、そのまま出版の打ち合わせを営業部として、休憩時間とか取れなかったんでしょうね……」

「本当に頑張っている人だよ。あんなに頑張っている上司の姿見せられたらこっちだって、そりゃ頑張らないとって思うよな」

「宏人さん、そんなこと言いながら、いつも納期ギリギリじゃないですか」

「うるへー、だから手伝ってくれたお礼にメシを奢ってやるって言ってるんだろ。そもそも昼の焼き肉定食で痛い出費なのによ……」

宏人さんはしかめっ面で反論をするが、手伝ったことには感謝をしてくれているらしく、その後すぐに麺面麵で何を食べようかと話しながら、リトルライト社新宿ビルから歩いて十五分の場所にある二郎系ラーメン屋の麺面麵に到着した。

「さて、食べましょう」

「お、おう」

宏人さんはニンニク少なめ、野菜増し、麵やや増し醤油ラーメンを注文し、自分はニンニク多め、野菜増し増し、麵普通、増し汁無し味噌ラーメンとチャーシュー丼を注文した。

目の前に置かれたもやしが溢れんばかりに載せられたラーメンに、ニンニクの強い香りが食欲をそそり、チャーシュー丼の脂身がご飯に染みている様子が、健康的思想を破壊しているような罪悪感を生む。

個人的にはその罪悪感がなんとなく好きになる瞬間である。

「樽坊の来週号の担当ページの企画ってなんだっけ？」

宏人さんはメンマをかじりながら、自分に聞いた。

「来週号は違法動画投稿グループのエックス・デフィションの存在の取り上げですね」

エックス・デフィションは近日多発している違法な動画を投稿して、収益を得る集団である。一般的な動画投稿サイトに流すのではなく、会員制の動画サイトに動画を投稿し広告収入を得ており、ネットサイトでは密かな話題になっている。

「なんか急に路線変更した？　先週までは事件を起こした才原晄についての記事だったのに。それもすごい反響あったのになんで才原の記事じゃないの？」

宏人さんは食べ終えたラーメンの器をテーブルの端に置き、不思議な顔をしていた。

「ちょっと関連性があるんですよ。才原晄とエックス・デフィションに」

「そうなんだ……それにしてもお前、よく食うな……」

味噌ラーメンを食べ終えて、チャーシュー丼を食べている自分に宏人さんは「へー」と口を開きながら見つめていた。奢られる時は遠慮しない。これは自分のポリシーである。

「まあ、そんなに美味しそうにお腹いっぱい食べられたら、奢りがいもあるってもんだ」

自分がチャーシュー丼を食べ終えると、宏人さんは財布を取り出して会計を済ませる。

店の外に出ると外の空気を吸い、身体に染みこませた。

「宏人さん。口の中ベタベタしませんか？　コンビニでアイス奢りますよ」

「お、気が利くな、樽坊。じゃ、俺ゴリゴリ君のコーラ100パーセント味な」

自分はコンビニに向かい、アイスを買うためにアイスボックスを開ける。宏人さんに言われた分と自分が食べる分のアイスのゴリゴリ君コーラ100パーセント味を手に取り、レジに並ぶ。

前の列には、今週発売された週刊インディーテイカーを持ったサラリーマンが並んでいた。

彼が買い終わり、自分もアイスを買うと宏人さんの元に戻る。

「サンキュー。どした？　樽坊。なんか顔が嬉しそうだぞ」

「え？　そうですか？　自分じゃ気づかなかったです」

自分たちの仕事の結晶である雑誌が誰かの手元にある瞬間を見ることが出来て、気づかないうちに充実感があったのかもしれない。

宏人さんとアイスを食べながら別れを告げて、自分は帰りの駅に向かった。

前日の爆食いの影響で若干の胃もたれを感じながらも、リトルライト社週刊インディーテイカー編集部に出勤する。書き溜めていたレポートをまとめ上げ、次回の記事の計画書の制作も終えると、外の風景は夕暮れ時になっていた。

「ちょっと身体でも動かすか」

ずっと座っていた身体に鞭を打とうと決める。リトルライト社新宿ビルにはトレーニングルームがあるのだ。

トレーニングルームと言っても空き室にダンベルやベンチ台、バーベルと重りのプレートが乱雑に置かれているだけの空間だ。

週刊インディーテイカーでトレーニング器具の宣伝をしていて、協賛している企業からトレーニング器具が贈られたのだ。元々は柔道の強化選手に選ばれたこともあり、警察官だった経歴もある体育会系出身の草壁編集長の提案で、トレーニングルームを作ってしまったという。

とはいえ仕事を終えて、まっすぐに家に帰りたいと思う人が大半で、利用するのは自分と草壁編集長くらいだった。

自分が軽装に着替えて、トレーニングルームに入ると草壁編集長がストレッチマットで身体をほぐしているところにちょうど出くわした。

「ああ、草壁編集長。お疲れ様です」

「おお、小樽君もトレーニングかい？　どこの部位をトレーニングする予定かな？」

「胸をトレーニングしようと思っています。ベンチプレスで追い込んでみようかなと」

自分もストレッチマットを用意すると、全体的に身体を伸ばす。

「胸ばっかりトレーニングしてはダメだぞ、小樽君。筋力トレーニングで一番鍛えないといけないのは胸じゃないんだ」

「胸じゃないとしたら、脚ですか？」

自分の返答に草壁編集長は首を振る。

「背中だよ。背中は自分じゃチェックしづらいから、おろそかになりやすいし背中の筋肉は身体の構成上、一番重要な場所なんだ」

草壁編集長は息を吐きながら、最後のストレッチを終わらせた。

「こんな風に自慢気に言っているけど、実は俺も今日は胸を追い込もうとしていた日なんだ。一緒にベンチプレスで追い込もうか」

草壁編集長の提案に賛同して一緒にトレーニングに励んだ。四十分ほどベンチプレスとダンベルフライ、そして意識をしながらゆっくりと腕立て伏せのセットを繰り返す。トレーニングを終える頃には、草壁編集長と共にヘトヘトになりながら、プロテインドリンクを飲んだ。

「やっぱりトレーニングはいいね。身体に刺激がないと一日が楽しく感じないよ」

「俺も空手ばっかりやっていた人間なんで無性に身体を動かしたい時とかは、トレーニングに限りますね」

「小樽君がここに来て、もう四年になるのか」

草壁編集長はプレートを片付けながら、懐かしんで言う。

「小樽君が最初に来た時はいろいろと作業をさせてしまっていたね。最初は倉庫の整理だったり書類のまとめ、雑用ばっかりさせていたのが申し訳なく思うよ」

「そんなことないですよ。自分も最初の頃は、全然使えない人間だったんですから」

リトルライト社週刊インディーテイカー編集部に就職しても最初の期間は雑用の日々だった。慣れない環境での生活に失敗が続き、自信が喪失しようとしていた時もあった。

「それでも俺の見込みは間違っていなかった。小樽君にレポートを担当させたら本領を発揮してくれたよね」

たまたま空白となった企画の部分のテーマを考え、レポート記事を執筆すると、それが高評価を得ることが出来た。その提案を自分にしてくれた草壁編集長には本当に感謝するばかりだった。

それからは週刊インディーテイカーのジャーナリストとして働く日々を繰り返すよ

うになり、仕事に自信を持てた。

「この前のレポートも反響がすごかったからね。二世芸能人惨殺事件の真相を追究する。なかなか並みのジャーナリストが取り上げられるものじゃないよ」

「でも、それも草壁編集長のおかげです。警察時代のツテで才原晄に話を聞くことが出来たんですから」

　自分が言うと、草壁編集長は微笑んだ。

「俺も君の記事には虜になってしまっているよ。何はともあれ、明日からも頑張っていこう。今日はありがとう」

　草壁編集長は着替えを済ませると、帰宅の準備をしてビルを後にした。自分も着替えを済ませてデスクの片付けを終えて帰宅しようとしたが、デスクの上の週刊インディーテイカーの雑誌に気づいた。

　手に取ると自分が書き上げたレポート記事をパラパラとめくってみる。ちょうど晄と再会した時期の記事で当時のことを思い出した。

　週刊インディーテイカー編集部に配属されて原稿の脱字チェックや校正作業が続く日々の中、雑誌の取材枠に空きが出来た。そこで草壁編集長からの提案があった。

「小樽君、いよいよジャーナリストとしてデビューしてみないか?」

「はい、よろしくお願いします」

自分に出来る仕事をしてみたいと思い、宏人さんからのアドバイスを受けながら、空いた枠に調べたテーマとその真実を分析した記事を掲載した。

取り上げたテーマは落ちぶれた政治家の末路だった。

過去に壮大なマニフェストを掲げながら、結局は税金の引き上げしか出来なかった議員や、東京にオリンピックを！　と掲げながら海外からの輸入品で資産を作り上げていた議員。

さらに環境問題をより良い方向に！　とエコ活動を推進していた環境大臣が、税金で全国の愛人に会う日々を繰り返したり、それぞれろくでもなくしょうもない理由で国会を追放された元政治家は、それぞれがホームレスになっていたり、日雇い労働者になっていたり、さらには人知れずすでに死んでいたりという有様だった。

現役の政治家を取り上げるのはリスクが高いが、国民から非難され威厳をなくした彼らをネタとして取り上げるのはなにもリスクはなかった。

「小樽君。この前の週刊インディーテイカー、評判が良かったよ。この調子でいいネタ書いていってくれ」

草壁編集長からも褒められ自信が付いた。自分はここにいていいんだという安心感も生まれた。それからは記事を担当するジャーナリスト業に熱が入り、働きづめながら充実した日々を過ごせた。

「樽坊の記事、人気あるよなぁ。俺の書いてるのも面白いと思うんだけどなあ」

宏人さんはよくグルメ記事を書いていた。東京に数少ない肉吸いを食べられる店の紹介や、カエルの唐揚げを味わうことの出来る一風変わった料理店の紹介記事などで一部の層には人気があったが、逆に一部の購買層からは、あのコーナーは必要なのか？　とコメントが送られることもあった。

そんな評判が囁かれた場合は、宏人さんはテーマを変えて、恋人と一緒に行ってみたいバーの紹介などに切り替えていた。

「俺は宏人さんの書く記事、好きですよ。面白いしユーモアがあっていいじゃないですか」

「だけどさ、書く記事はワンパターンだって草壁編集長に言われたりするんだよ。樽坊の書く記事はパンチが強いんだよな。結構過激な記事書いたりするだろ。この前だって声優のスキャンダル記事の反響がすごかったじゃん」

昼時に宏人さんがネタにしようとしているラム肉蕎麦屋で、名物になっているラム肉蕎麦を啜りながら会話をしていた。

「声優ネタはウケがいいんですよ。それに情報も手に入りやすい」

「へ？　そうなの？」

宏人さんはラム肉をかじると興味深そうに聞く。

「声優事務所とか養成所は新しい声優をどんどんと作りたいですから、人気が出そうな声優の足を引っ張りたいんですよ。だから少しでもアイドル声優に男の匂いが出そうになったら、すぐに情報を出してくれる。そのお礼というわけじゃないんですけど、そこの事務所とか養成所から売り出したい声優を記事に書いておくんですよ」

「はー……やり手でございますなぁ。樽坊は」

宏人さんは七味唐辛子をかけて、味を変えて蕎麦を味わう。

「次のネタとかもう考えてるの？　よかったらさ、ちょっと教えてくれよ」

「そうですね、昔、薬物中毒で捕まったミュージシャンで……」

「ここで臨時ニュースです」

記事にしようとしていたネタを、宏人さんにこっそりと言おうとした時に、蕎麦屋のテレビからニュースが流れた。

「今朝、品川区で殺害事件がありました。被害者は俳優の岩丸大和さんの息子である岩丸裕貴さん。ミュージシャンの波多野洋平さんの息子である波多野順平さん。女優の浦神千香さんの息子である浦神岳氏さんです。被害を加えたとして逮捕されたのは被害者を乗せた車を運転していた才原暁容疑者です。才原暁容疑者は三人を殺害したと容疑を認めています。才原暁容疑者は送迎のサービスをしている途中で三人を殺害した模様です。才原暁容疑者は過去に違法宗教法人シュレディンガーに身を置いていたことや、中学時代は暴行事件を起こしていたことなどが分かり……」

「樽坊？　どうした？　樽坊？」

頭の中が真っ白になっていた。宏人さんの心配する声は聞こえておらず、身体は固まり、耳には信じたくないニュースがただ流れるだけだった。

「二世芸能人惨殺事件を取り上げたい？　急に企画を変えるとはどういうことかな？小樽君」

すぐに草壁編集長にテーマとして取り上げようとしていた八十年代ロックアーティストの薬物中毒にまみれた日々の実態の企画をやめて、才原暁が引き起こした事件を取り上げる計画書を提出した。

案の定、急な計画変更に草壁編集長も難色を示した。

「これは……どうしても自分が取り上げないといけないと思ったんです。お願いします。俺に才原晄の起こした事件の真相を調べさせてください」

「とはいえなあ……」

草壁編集長は頭を掻きながら思い悩む。あまりにも最近に起きた事件。さらに被害者遺族が有名芸能人であること。被害者がタレント活動を始めたばかりの芸能界の金の卵だということ。会社の立場的な意味でも踏み切れないものがあったのだろう。

「まあ、確かにジャーナリストとしては直感は信じるべきだ。特に小樽君には直感力というのは秀でているからなあ」

草壁編集長はデスクから専用のハンコを取り出し、提出した計画書に押す寸前で止めると、自分に目を向ける。

「条件がある。あくまでも事件の真相だけを記事に載せること。そして被害者遺族に不快な思いをさせないこと。そして、週刊インディーテイカーの評価が上がるような記事にすること。出来るか？　小樽君」

「構いません。やらせてください」

「……分かった」

返事を受け取ると草壁編集長はハンコを押して了承した。

まず自分が起こした行動は才原晄の判決を決める裁判で弁護士を務めている人間に話を聞くことだった。

調べて向かった先の弁護士事務所にいたのは、才原晄の弁護士を務めた後藤尊徳だった。

しかし彼から聞けた話は、有意義なものとは言えなかった。

「才原晄さんには衝動制御障害の症状が確認されています。今の時点では被害者を乗せた車の中で何か口論があり、衝動的に事件を引き起こしたと考えているんです」

「晄……才原晄は事件について何かを言っているわけではないんですか？」

聞いてみると彼は首を振る。

「せっかく弁護士として挨拶に行っても才原晄は言うんですよ。『被害者遺族が求めている求刑の死刑で構わない』って。そりゃ、僕としても彼の起こした事件は想像をしたくもない残虐性で、死刑を取り下げることは難しいと分かっていますよ」

しかしそこまで言うと渇いた口にペットボトルの水を入れ、言葉を続けた。

「事件の経緯を話そうとしてくれない。何を聞いても、求刑通り死刑を受けようとしている。でも不思議なんですよ。対面で話していると、そんな事件を起こすような残忍な人間には思えないんです。本当に優しい雰囲気を持っていて、爽やかな青年って印象なんですよね」

「才原暁に会うことは出来ますか？」

彼は難しい顔をして答えた。

「マスコミ関係者との会話は厳しいと思います。肉親もいないし面会が出来るとしたら、警察関係者のコネクションがないと難しいでしょう」

「……そうですか」

弁護士事務所を後にすると、とりあえずリトルライト社新宿ビルに戻ることにした。あまりにも青すぎる空が憎たらしく思えて、歯を噛みしめながら歩を進めた。


週刊インディーテイカー編集部に戻り、大きく溜め息を吐いた。結局自分で動いても結果が得られないのでは意味がない。

思い通りにいかないことはたくさんあるとはいえ、最初の時点で躓いた気がして、無力感が襲ってきた。

「似合わないな、小樽君がそんな顔をするなんて」

やれやれとデスクの上でチェック用紙に確認のサインをすると、草壁編集長はチラリとこちらを見て笑みを作った。

「才原晄に会うことは難しいかもしれないです。情報だって掴むものがなさそうなので、どうしたらいいか分からないです。結局、自分もまだ半人前なんですかね」

「確かに才原晄の犯した犯罪は並大抵の人間がすることじゃない。裁判が終わっても会うことが出来る人間は限られるだろうね。それこそ、どこかしらのコネクションを持つ人間が動かないと話を聞くことも出来ないだろう」

草壁編集長はチェック用紙を全て畳み綺麗にまとめた。その仕事ぶりは動きが洗練されており、見ているだけで真似をしたくなるような捌き方だった。

「だけど小樽君、まだ終わりだって決めつけるのは早いんじゃないかな？　出来ないことだと思い込むのはよくない。遠回りをしてでも出来ることを探すことが、とても大事なんだよ」

草壁編集長は立ち上がって近づいてきた。そして一枚のプリントを渡してくれた。そこにはデリバリーヘルスサービス店の紹介記事が書かれていた。

どうしてこんな記事をくれたのか疑問に思った時、草壁編集長は優しく微笑んだ。

「才原晄が送迎役として勤務していた風俗店だよ。何か情報はあるかもしれないよ」

「こんなもの……どうやって？」

「なーに、世の中調べてみようと思えば、どんなことだって調べられるものなんだよ。

ネット社会の怖いところでもあるけど、いいところでもあるね」

草壁編集長は再びデスクに戻り、ブラックコーヒーを一口飲んだ。

「行ってみるか、行ってみないかは、君の自由だが自分でやろうとした仕事は投げ出すものじゃないだろう?」

「編集長、ありがとうございます！　早速行ってきます！」

鞄を掴みプリントを手にしながら、すぐにオフィスを飛び出した。まだまだやっぱり自分は半人前だと思った。

一人前にしてくれようとしている草壁編集長に恩義を感じながら、タクシーで晄が勤務していた品川区へと向かった。


タクシーに乗って二十分が過ぎた辺りで、目的地である晄が勤務していた風俗店の「ビターローズ」に着くことが出来た。夕方頃の時間だったが客はいなかった。ドアを開いて受付の男性の元に行く。

「いらっしゃいませ。どのようなサービスをご所望でしょうか?」

「ああ、すいません。サービスを受けに来た客ではないんです。自分はこういう者でして」

胸ポケットから名刺を渡す。受付の男は名刺をぞんざいに後ろの机に置いた。

「いらっしゃいませ。どのようなサービスをご所望でしょうか？　三十分コースもあれば一時間コースもありますが」

「……客で来たわけではないんです。お話を伺いに来たんです」

圧迫するような態度の受付の男に目的を伝える。

「才原暁さんのことについて、お話を伺いたいんですが」

「……二度は言わねえぞ。おい、コラ。……どのようなサービスをご所望でしょうか？」

威圧的な言葉を投げかけるこの男が相手では詳しい話が聞けないと思ったので、この店の責任者に話を聞こうと思った。

「こちらの店のオーナーか、店長はいらっしゃるでしょうか？　才原暁さんのことを聞きたいのならそっちに話を聞いた方が早い」

「……うせろ。そして金輪際この場所に来るんじゃねえ」

睨みつけるようにギラついた目を向けると、男は胸ぐらを掴んだ。自分はその手を掴み、拳を鼻先の寸前で止めた。

「テメエやる気か？　マジで殺すぞ」

「簡単にそんなことを言わない方が良いと思います。自分もその気になってしまいますから」

「そうか、そうか。だったらな！」

　男が膝をみぞおちに打ち込もうとしたので肘を腿に当てる。男の腿の筋肉に肘の骨をめり込ませると、顎に左の肘を打ち込む寸前で止める。

「なんのつもりだ？　なぜ打ち込まない？」

「暴力沙汰は起こしたくないんです」

「ヤワなこと言ってんじゃねえぞ！　クソ野郎！」

　受付の男が再び殴りかかろうとした、その時だった。

「なんだ？　騒がしいじゃないか？　営業中だろ」

　受付のカウンターテーブルの後ろにある扉が開き、二十代後半辺りのボサボサの茶髪頭のスーツを着た男が雑誌を持ちながら姿を現した。

「翔希さん……申し訳ありません。才原の件で話を聞きたいとか言う人間が来たので」

「なんだ、そういうことか、兄さんや、残念だけど才原晄の件については何も言うつもりはないんだ。どんな情報も流したくはない。気を悪くしたかもしれないが、面倒事を引き起こしたくないんだったら、帰ることをおすすめする」

　オーナーであろう男は雑誌を持ちながら、再びドアに向かおうとした。

ちょっとした情報でも欲しかった自分はチャンスを失いたくない一心で、呼び止めた。

「その雑誌」

「あん？」

オーナーの男が持っている雑誌はエロ漫画雑誌だった。可能性は低いに等しいが、頭を使ってチャンスを引き寄せたかった。

「グレムリン珈琲味先生の特集雑誌ですよね」

「なんだ、知っているのか？」

オーナーの男は興味が湧いたように目を開いた。

「俺、グレムリン珈琲味先生のサイン入り限定版雑誌持っていますよ。もしよろしかったら差し上げましょうか？」

「……マジで？」

「一時間待っていてください。すぐに持ってきます」

すぐに外に出て、タクシーに乗り市ヶ谷のマンションに戻り、タンスの引き出しからサイン入り限定版雑誌を持ち出す。

元々は滋賀の学校を卒業する時に、東京へ向かう自分のために政宗が餞別として持たせてくれた、コミックマーケットで手に入れたエロ漫画雑誌だった。必要ではなかった物だったが捨てるのも気が引けるのでとりあえず置いてはいたのだが、まさかこんなタイミングでチャンスをつないでくれるとは思いもしなかった。

再びタクシーでビタローズに戻り、オーナーの男に限定版雑誌を渡す。

「おお……これは……確かにグレムリン珈琲味先生の直筆サイン入り雑誌だ。マニアの間でもレアものだぞ、これは」

オーナーの男はまじまじと手にした限定版雑誌を見つめると、上機嫌になった。

「どこの雑誌の会社だっけ？　あんた」

「リトルライト社の週刊インディーテイカーです」

「ああ、週刊インディーテイカーか……普通アポ取ってから来るとかじゃないの？」

「週刊インディーテイカーは突撃取材がポリシーなんで」

「なんだよ……滅茶苦茶じゃねえか……」

受付の男がぼそりと言う。

正論だと思いつつも、昔からそれが週刊インディーテイカー流なので何とも思わないようにしている。

「才原晄のことだよな。本当に期待に応えるような内容は言えねえかもしれないけど、載せてもいいと思えるぐらいなら、答えてやってもいい」

「ありがとうございます。お時間は取らせないようにします」

オーナーの男は部屋に招き入れると、取材に応じてくれた。

「まずは、名刺交換だよな」

オーナーの男はソファーに座ると胸ポケットから名刺を取り出し、テーブルの上に置いた。

名刺にはビターローズオーナー谷崎翔希と記されていた。

「オーナーとはいえまあ、雇われオーナーだから、そんなに偉いもんじゃないけどな」

そう言うと彼は笑いながら、タバコを一本吸う。

「申し遅れました。私、リトルライト社インディーテイカー編集部から参りました友永小樽です」

「ああ、知ってる」

谷崎オーナーはタバコを一気に吸い上げると、ズボンのポケットから先ほど受付の男に渡していた名刺を見せた。

名刺は受付の男が雑に扱ったためか、しわくちゃになっていた。

「用件はなんだっけ？　才原晄のことだっけか？」

「はい、才原晄が起こした事件のきっかけを知りたいんです」

その質問に谷崎オーナーは小難しい顔をして目を閉じる。

「それなんだけどな……俺たちもよく分からないんだよ」

「というのは？」

「あいつは送迎役に徹していて、口数も少なくて、どうしてそんな事件を起こしたのかがさっぱりなんだ。普段も何を考えているかなんて、超能力者じゃないんだから分かるわけがないんだ」

「才原晄は……殺人を行うような人物でしたか？」

その質問には谷崎オーナーは首を振る。

「そうは見えなかった。口数少ない奴だったけど、周りへの気遣いも出来てて、気が利く奴だったよ。まあ、ここに来る前のことも関係していたかもしれないけどな」

谷崎オーナーは立ち上がると、ソファーの後ろにあった小型の冷蔵庫からエナジードリンクを二本取り出した。

一本を開けると、もう一本を自分に投げ渡してくれた。目で飲んでもいいと合図されたので、遠慮せずに飲んだ。

「警察にも話した程度のことしか言えないけど、いいかな?」

「構いません」

「元々、中学時代にえげつない暴力事件を起こしていたらしくてな、そこから東京の監視付きの施設に入れられるようになったんだ。そして義務教育の中学を卒業。成績も良かったらしいけど、高校には進学しなかったらしい。まあ、このご時世そんな過去のある奴を入れようとする高校なんて、東京にあるはずもないわな」

谷崎オーナーはエナジードリンクを飲みながら、タバコを吸う。この時とても上機嫌になっていたので、彼はエナジードリンクとタバコの組み合わせがとても好きなのだろうと思った。

「施設も追い出されるようになって、ほぼホームレス状態だったらしいけど、転機が訪れた。ある日この店の系列店のオーナーが夜中に金目当ての暴漢に襲われてな、その時にたまたまその場に居合わせた暁はオーナーを助けたんだ。なんでも、暁は暴漢の歯を全部折るレベルで返り討ちにしたんだってさ」

メモを取りながらも手が震えていた。暁の過去を知ることが少し怖くなっていた。

「行き場のなかった暁はオーナーに気に入られてな。あいつって可愛い顔立ちしていて爽やかな雰囲気があったから男娼として雇われたんだ。車の免許も取らせてもらってオーナー専属のドライバーも兼任するようになった。でも男娼としてはクレームを受けるようになってな、ことが終わったら無気力になって面白くないと、マダムの方々から言われて男娼としてはお役目ごめんになったので、ここに左遷されたんだ。この店は男娼は使ってないから、あいつは客や働いているお嬢たちの送迎役として雇われることになった。俺も晄と面識があるのはそれからだ」

「晄……才原晄はここでは問題を起こすようなことはありましたか？」

「ないな。さっきも言ったけど嫌われるような性格じゃなかった。だからさっき受付の奴が才原晄を嗅ぎに来たあんたを追い出そうとしたのも、それが何よりの証拠だ」

谷崎オーナーはエナジードリンクをグイッと飲む。最後の一滴まで残さず飲むために缶を垂直に傾けていた。

「まあ、変わった奴ではあったけどな、待ち時間はずっと本を読んでいたな」

「本を、ですか」

思わず聞き返してしまった。谷崎オーナーは少し不思議そうな表情をしていた。

「ああ、給料のほとんどは本に使っていたんじゃないかな？　今時変わってる奴だよ」

「……変わっていなかったんだ……晄は」

呟いてしまった言葉を谷崎オーナーは聞き逃していた。

　そこでドアがノックされると、先ほどの受付の男がやってきた。

「翔希さん、織江ちゃんの荷物についての電話なんですが……」

「ああ、服とか本とかはグリーンハープ病院の方に届けておいてくれ、他の荷物は記憶が戻った時に渡せるように、二階の空き部屋に置いておけばいい」

「えっと、それが書きかけの小説みたいなのがあって……それはどうしようかと」

「なんだ？　そりゃ？　まあ、それも二階の空き部屋に置いておくか」

　分かりましたと返事をして、受付の男は戻っていった。

「すまんね、こっちも晄の件でバタバタしてるんだけど、別件でもややこしいことがあったんだ」

「何か、あったんですか？」

　力になれることではないと思いつつも、事情が気になって聞いてみた。

「まあ、人気のあった嬢の一人が自殺を図ってな……未遂に終わったけど記憶を失ったんだ。安静にしておくのが一番だから、淡路島にあるリハビリセンターでゆっくりさせるつもりだ」

　そう言うと谷崎オーナーは沈んだ様子で目を伏せた。

「これは俺の責任でもあるからな。織江ちゃんには申し訳ない気持ちだよ……」

その表情には、どこか悔しさも滲んでいた。

「さあさ、俺が才原暁について吐けるのはここまでだ。これ以上は本当に何も知らない」

「ありがとうございました。ご協力感謝いたします」

「ああ、それからこの店をちょろっとでいいから、宣伝しといてくれよな」

別れ際にそう言われた。すぐに週刊インディーテイカー編集部に戻り、才原暁が事件を起こす前の日々を記事にした。

その週の週刊インディーテイカーは大反響を呼び、過去最高の売れ行きとなった。

暁のことをピックアップした記事を載せた週刊インディーテイカーをパラパラとめくり、当時を思い出していると、いつの間にか時間は過ぎていた。

先ほどまで暁色だった外の景色は、すでに月の光と街の明かりが煌めいていた。

「あー、小樽さん、またこんな時間まで残っているんですか？」

通路から顔を出し、細い目をこらしながら、こちらに声をかけたのは夜間施設警備の大橋庄司さんだった。

「ああ、でももう帰るところですよ。書いていた記事を読み返していたら、こんな時間になっちゃったんです」

「いつも最後まで残ってるのは、小樽さんか草壁さんくらいですからね」

　庄司さんは歳が近いこともあり、話す機会が結構あった。

「まあ、俺なんて帰っても、シャワー浴びてメシ食べて寝るだけですからね。締め切り間近になると泊まり込みで仕事すればいいだけですし」

「なんか趣味持った方がいいですよ、小樽さん。俺たちなんてまだまだ若いんですから」

　庄司さんは鍵を片付けながら話す。

「まあ、週末は車で出かけているんで暇を持て余してはいないですよ。そういえば庄司さんもバンドの方はどうなんですか？」

　庄司さんは夜間は施設警備の仕事をしながら、昼はバンドのギターを担当しており毎日都内のスタジオを借りてバンド仲間と練習をしている。

　彼の眠る時間はほぼ施設警備の休憩時間の三時間ほどで、他は電車で移動する時のつかの間の睡眠だけらしい。

「今度、渋谷のライブハウスで合同のライブを開催するんですよ。また来てくれますか？」

「ええ、行きます。宏人さんも行ってくれると思うんで、二枚チケット用意してくれていいですよ」

庄司さんは喜んでくれた。

「ありがとうございます！　本当に底辺バンドマンはチケット売るのが命綱ですから」

「その命綱の先に成功はあるんですよ。きっと」

鞄を手に取り、庄司さんに別れを言うと自宅の市ヶ谷へ戻った。

いつものようにシャワーを浴びて、冷蔵庫から出したゼロカロリーサイダーを喉に流し込み、ツナ缶を開けて納豆とキムチを雑に載せた皿をテーブルに置いて食事をする。

十分もかからない食事時間を終えて、パソコンを起動させて現在取り上げている違法動画投稿グループのエックス・デフィションについて仮の記事を書こうとした時、携帯電話が鳴った。宏人さんからのメッセージだった。

「樽坊、日曜日の夜って空いているか？」

「日曜日ですか、日曜は出かけていますね」

返事のメッセージをすると、宏人さんは困り顔の顔文字を送ってきた。

「残念！　合コンのメンバーにお前を誘いたかった……」

た。

「また今度誘ってください。行ける日だったら行くようにします」

再度返事のメッセージを送ると、宏人さんは喜び顔の顔文字を送ってくれた。

ほんわかとした気持ちになって、記事を書くのをやめると、この日は早めに就寝した。

日曜日。朝の六時に目を覚ます。マンションの駐車場に停めてあるセルシオに鍵をさし込み、エンジンをかけてタイヤが地面をこする音を聞きながら目的地に向かう。基本的に朝食は高速道路に入る直前のコンビニで、ゼリー飲料と眠気覚ましの栄養ドリンクを買って、それを運転しながら飲んだ。

「ＤＪヨギータのラジオタイーム！」

カーラジオから流れる番組の始まりの合図と同時に、関西行きの高速道路に車を入れた。

「今日は日曜日！　みんなの予定は何かな？　メッセージが送られていますね！　彼氏と聞いていますか？　彼女と聞いていますか？　ハハハ。どうでもいいわ！」

ＤＪが手紙をテーブルに叩きつけるようなリアクション音がすると、エフェクトの笑い声が上がる。

「まあ、何はともあれ日曜日なんだから、こんなしょっぱいラジオ聞いていないで、誰かと会ってはどうでしょうか？　久しぶりに友達に会ったり、故郷の家族に会ったり、はたまた遠くにいる恋人に会ったり？　出会いはあなたの思い出となり記憶となり、かけがえのない財産になるでしょう」

DJの男はキザな台詞を言ったためか、ラジオ越しでも恥ずかしくなっているようで、あからさまな咳払いをしていた。

「今日はね！　出会った人との思い出を大切にしたいあなたのために、音楽のリクエストを待っているよ！　じゃあ、最初はミスチルでも流そうかな？　Mr.Childrenで『Tomorrow never knows』、どうぞ」

ラジオからは一九九〇年代に流行したJポップソングが流れていた。優しいメロディーの中に今を生きている人々に送るメッセージが込められている曲だった。

その曲を聴いていたからか運転をしながら、罪人となった晄との再会を思い出した。

二世芸能人惨殺事件を起こした晄の記事を書いた後日、デスクで編集作業をしていた時に草壁編集長が神妙な表情でやってきた。

「小樽君、重要な話がある。来てくれるか？」

草壁編集長に招かれるように誰も使用していない会議室に足を運んだ。

「君は、才原暁に会う勇気はあるかい？」

「……どういうことですか？」

質問に質問で答えることは無礼だと思いながらも、草壁編集長の意図が分からずに質問をしてしまった。

「ああ、すまないね、唐突なことを言ってしまった。警察の知り合いで才原暁自身に取材は出来ないかと掛け合ってみたんだ。だけども才原暁は誰にも事件の真相を語りたくない、死刑を待つだけだとの一点張りだったようなんだ」

自分の知らないところで草壁編集長が動いていたことに驚いた。

しかしそれ以上に驚く言葉が飛び出した。

「別に悪気があったわけじゃないんだが……友永小樽という男がこの件について調べていると言ったんだ。そうしたらどういうわけか分からないんだが……才原暁は友永小樽という男にだったら、取材の対応をしてもいいと伝えたようなんだ」

思いもしないことに、動悸が激しくなった。

「……会ってみる気はあるかい？」

「会います。才原暁に話を聞きたいと思います」

「分かった。向こうには伝えておく。ただ面会できる時間は限られるだろう」

「構いません」

そうして次の日、東京拘置所に足を運ぶと話が通っていたのか、監視官から案内されて面会室の扉を開いた。

心臓の音がバクバクと鳴っている感覚を覚えながら、視線を部屋に待っていた人物に向ける。

ガラスを隔てた先にいたのは、大人になった晄の姿だった。

優しくて純朴な雰囲気で、とても殺人を犯したようには見えない青年がいた。そして自分にとってかけがえのない思い出を共有した親友がそこにいた。

「時間は三十分までです」

監視官から告げられると、部屋にはドアのすぐそばにいる拘置所職員と晄と自分だけになった。

「小樽……久しぶりだね」

「……晄……何があったんだよ……？　何があって、こんな再会になってしまったんだよ……？」

「小樽、泣かないでくれよ。僕まで悲しくなっちゃうじゃないか」

中学時代に新幹線のホームで別れを告げてから、八年ぶりに再会した晄は別れ際に見せた笑顔と同じように優しく、純粋に自分と会えたことが嬉しいというように微笑んでいた。

自分は目を細めて微笑む晄に対して、感情を抑えられずに涙を流していた。

文学青年の読みたい物語

様々な思いがその時は頭を駆け巡っていた。中学生の時に晄と別れたあの日のこと。そしてそれからの自分に起きた出来事。谷崎オーナーから聞いた晄の東京での日々。懐かしい思い出話をしたいと思ったがドアの近くには職員がいる。

ここでの思い出話はシュレディンガーに身を置いていた日々の話になってしまう。晄との楽しかった日々が、世間では疎まれる存在だった場所での出来事だと思うと悲しくなった。

そんな自分の気持ちを汲み取ったのか、晄はトントンと手をかけているテーブルを指で突いた。

「小樽。仕事なんだろう？　話を聞きたいんだろ？」

「……あ、ああ」

メモ帳とペンを取り出すと、晄から二世芸能人惨殺事件の真相を聞くことにした。

その内容は一つ一つ間違いなくメモに書き取った。

その内容は記事にするには十分過ぎるインパクトのあるものだった。それは暁を信じたいと思っている自分でも信じられないような出来事で、さらに真実である証拠も定かではなかった。そこで自分は、週刊インディーテイカーに掲載する記事としてはまだ早いと決めた。面会時間がまだ余っていたので、拘置所での時間は退屈だと思い、今度来る時には本を持ってこようと思った。

「なあ、暁。また面会は出来るんだろ？　だったらさ、なんか読みたい本とかあるか？　持ってきてあげるよ」

「ありがとう、気持ちだけで嬉しいよ。だけど、もう本は読みすぎちゃった」

笑顔で答える暁の表情は清々としていたが、すぐに何かを求めているかのように天井を見上げた。

「だけど最後に読みたい本があるとすれば、あの女の子が書き上げようとしていた小説かな」

「あの女の子って？」

「ああ、ビターローズで働いていた時に、本を読むのが好きな女の子がいたんだ。僕もそうだったけど、彼女も待ち時間には本を読んでいた。ある日、彼女を指定のホテルに届けた時に彼女が座っていた場所に原稿用紙があったんだ。本当はいけないことなんだけど好奇心に負けて、その原稿を見てしまったんだ」

晄は今までに見せたことのないような活き活きとした様子だった。

「時間も忘れて、その原稿を読んでいたら窓越しに彼女が怒っていたんだ。急いでドアを開けるとプンプンしながら迫ってきたんだ。『読みましたか⁉　もしかして私の書いた小説読みましたか⁉』って。正直に白状しようと思って、読みましたって答えたら、恥ずかしそうに顔を隠してね。でも本当に素晴らしい小説だと思うし、ワクワクする物語だよって言ったらすごく嬉しそうに振り向いたんだ。でもこの部分をこうしたら、もっと物語の魅力は広がるって伝えたら『この小説をもっと素敵な物語に出来るように協力してくれますか？』ってねだってきたんだ。それからは……楽しかったなぁ。一緒に物語を考えるのは……」

晄は目を閉じて息を吐くと、その女の子の名前を口にした。

「南織江って名前の女の子だよ。今は遠い場所の病院に入院しているらしい。最後に願いが叶うのなら、彼女と僕が作り上げようとしていた物語、そして完成した小説を読んでみたいな」

南織江。その名前には確かに聞き覚えがあった。谷崎オーナーが現在グリーンハープ病院に入院していると言っていた。

そして記憶喪失の状態にあるということも確かに覚えていた。

「晄。俺、その最後の願い、叶えてみせるよ」

「小樽？」

「……三十分です。そろそろ退室の方をお願いします」

拘置所職員から声をかけられるが、気にしてなどいられなかった。

「絶対に南織江に会って、晄と書き上げようとしていた物語を持ってくる！　だから晄！　待っていてくれ！」

「小樽……ありがとう」

「いい加減にしてください！　他の職員を呼びますよ！」

腕を掴まれると、強引に引き剥がされるように部屋から連れ出された。

そのまま拘置所を出ると、南織江の書き上げようとしていた小説がある場所のビターローズに向かった。

「織江ちゃんの情報が欲しい？　……どういうつもりだ？」

谷崎オーナーは急いでやってきた自分に驚きながら、さらに南織江について教えてほしいと聞かされると疑心の目を向けた。その視線には怒りも感じられた。

「暁……才原暁と約束をしたんです。南織江が書き上げようとしている小説を読ませるって。それが才原暁の最後の願いなんです」

「……？　あんた、暁に会ったのか？」

谷崎オーナーからの問いに頷く。すると彼は考え込むように後頭部を指先で掻く。

「織江ちゃんのことを教えるためには条件がある。あんたと暁はどういう関係だ？　俺たちでさえ暁との面会は拒まれたんだ。それなのに見ず知らずだったあんたに暁が会うというのはどうも不自然すぎる。暁との過去になにがあった？」

「……分かりました。俺と暁との関係、話します」

それから暁との出会い、そして別れの経緯を谷崎オーナーに話した。

シュレディンガーに身を置いていたことを話したのは昔にプールの施設で出会った女子高生に対してだけだったので、どういう偏見の目で見られるかは覚悟の上だった。

しかし意外にも谷崎オーナーは最初は戸惑いの表情を見せたものの、最後まで冷静に話を聞いてくれた。

「そういうことだったのか。なんとなくだけど合点がいった」

腕を組みながら納得をしたのか、谷崎オーナーは持っていたグラスの中の水を一気に飲み込んだ。

「まあ、よくある話だが、両親の事業が失敗。そして両親共に自殺して、身寄りがなくなった女の子。それが織江ちゃんだ」

タバコを揉み消しながら、谷崎オーナーは携帯電話を手に取り、何やらメッセージを送っていた。

「通っていた高校も辞めることになって、働ける環境もない。だけど、時間に余裕があって金が稼げる仕事。そうなるとこんな場所で働くことになるのは、珍しい話じゃない」

メッセージを送り終えて、谷崎オーナーは携帯電話をポケットにねじ込んだ。

「前も言ったが今は記憶喪失の状態になっていて、淡路島のグリーンハープ病院っていう場所で療養している。入院費用とかの負担は、まあ、カツカツだけど俺が個人で負担をしている。社会復帰できるようになったら、足を洗わせてカタギの仕事に就かせたいとは思っているさ」

谷崎オーナーが南織江の現状を教えてくれた時に、従業員の男が束になった書類を持ってやってきた。それは自分が予想していた通り、南織江の記憶を失う以前に書き上げようとしていた小説だった。

「俺は織江ちゃんに会うつもりはない。俺と会って忌まわしい記憶が呼び戻されたら辛いからな。だからこれはあんたに渡そうと思う。そっからはあんたの好きにしたらいいさ」

テーブルに置かれた分厚い書きかけの小説を手に取った時、谷崎オーナーは口を開いた。

「それと、ちょっと頼みを聞いてほしいんだが、いいだろうか？」

「なんでしょうか？　可能なことならば致します」

神妙な表情をした谷崎オーナーの口から出た言葉は、彼の心の中にある憎しみを抑えているようにも思えた。

「エックス・デフィションというグループを週刊インディーテイカーの記事に書いてほしい。織江ちゃんを社会的に殺そうとしていた胸クソ悪くなるような奴らさ。俺も奴らに関する情報とかは提供するようにする。どうだ？」

自分は谷崎オーナーからの頼みに頷いた。違法動画投稿グループであるエックス・デフィションの記事を書くことになったのはそれがきっかけだった。

しかしこのグループと記憶を失った南織江、そして罪を犯した晄と関係が絡んでいることをこの時はまだ知る由もなかった。

淡路島のグリーンハープ病院に向かうためにレンタカーを借りるという繰り返しが面倒くさくなったので、宏人さんの知り合いのディーラーを紹介してもらいセルシオを買ったのもこのことがきっかけだ。

初めて明石海峡大橋を渡り、グリーンハープ病院にやってきた時のことだって、しっかりと覚えている。

「南織江さんとの面会に来たのですが……」

「えっと、南織江さんの親族の方でしょうか？」

「あ、親族ではないです。彼女の関係者といったところでしょうか」

受付の係の質問に答えると、渋い顔をされた。

「親族及び患者さんの関係者である証明書を提示されないと、面会は基本的には受け付けないようにしているんです。申し訳ないんですが南織江さんの場合は症状が症状なので、見ず知らずの方との面会は控えさせていただいているんです」

「そんな……せっかく東京からやってきたのに……なんとかならないでしょうか？」

「私にそう言われましても……」

少し押し問答のようになってしまい、周囲の人間も何事かとこっちを見ていたが気にはしていられなかった。

「どうしたの？」

そこに現れたのが、グリーンハープ病院の桜野有希院長だった。初対面の時は彼女は白衣を着ていなかったので、自分と変わらない歳の看護師だと思っていた。

この病院の院長で自分より十歳も上だと知るのは後のことである。

「こちらの方が南織江さんと面会をしたいとおっしゃいまして……」

受付の女性は桜野院長に自分のことを伝えた。

「……あなたは織江ちゃんと、どういう関係の方ですか？」

「こういう答えが正しいかどうか分からないのですが、会わなければいけない人間なんです。自分のためにも彼女のためにも、彼女に会って渡さなければいけない物があるんです」

答えると桜野院長はずっと視線を自分に向けていた。まるで自分の瞳の中にある心を覗き込むように見つめていた。

「悪人ではないことは確か。か……」

桜野院長は納得したように、落ち着いた雰囲気を取り戻す。

「いいわ、彼女との面会を許可します。どちらにせよ彼女を訪ねてやってきたのは、あなたが初めてだし、彼女の症状が良くなるきっかけになるかもしれない」

ついてきてと言って案内された場所のドアの前まで来ると、桜野院長はドアをノックして自分を招き入れてくれた。

「織江ちゃん、あなたに会いに来てくれた人よ」

「……私にですか？」

ベッドの上から見える海を眺めていた若い女性は、ゆっくりとこちらを振り返った。大きな瞳と丸顔に似合ったショートヘアで、こちらを見つめる南織江と初めて会ったのはこの時だ。

「あなたに渡したい物があるんです」

持ってきた鞄から、ビターローズで谷崎オーナーから渡された彼女の書きかけの小説を手渡す。

「これは……？」

彼女は書きかけの小説を手に取ると物珍しげに、興味が湧いたように見つめていた。

「あなたが記憶を失う以前に書きかけていた小説です。完成した物語を読みたがっている人間がいるんです」

晄の笑顔を思い出して言葉に詰まるが、自分は彼女を見ながら言葉を続けた。

「ゆっくりでいい、焦る必要なんてない。あなたが書き上げた物語を、是非ともその人に読んでもらいたいんです」

パラパラとページをめくる織江さんの瞳が、どんどんと明るく力強くなっているように思えた。

まるで生きる意欲を取り戻したかのように彼女の小説を書く日々が始まった。そして、自分が彼女の書く物語の進捗を確かめるために東京から往復する日々が始まったのだった。

織江さんと初めて出会った時のことを思い出しながら、運転していた車はグリーンハープ病院へと辿り着いた。いつものように駐車場に車を停めると受付の方に出向き、織江さんとの面会のことを伝える。

彼女は談話室にいるようなので廊下を歩き、先日桜野院長と抹茶オレを飲んだ談話室へと入っていった。

談話室に入ると、入院している幼い子どもの患者たちに織江さんが絵本を読み聞かせていた。

その光景があまりにも微笑ましく見えたので、椅子に座り眺めていた。

やがて絵本の物語は終了し、彼女はペコリとお辞儀をすると子どもたちからパチパチと拍手が送られた。彼女は絵本を棚にしまうと、椅子に座っていた自分と目が合った。

「あ！　小樽さんだ！　こんにちは！」

「ああ、こんにちは。織江さん。絵本を読んでいたんですね」

織江さんは笑顔のまま、自分の座っている椅子の隣に座った。

「ええ。絵本って結構面白いんですよ。短い物語だけれども描かれている絵と文章が合わさって、ストーリーが深くなっていくんです。小説を書くための勉強にもなりますし、それに子どもたちに読んであげると、すっごい喜んでくれるんです！　それがなんだか楽しくて、嬉しくて！」

初めて会った時のような目的のない輝きを失った瞳とはまるで見違えるように、明るい表情になったことに自分も思わず笑顔になってしまった。

「ねえねえ、織江お姉ちゃん？」

先ほど、絵本を読み聞かせてもらっていた患者の一人の幼い少女が織江さんに声をかけた。

「その男の人って、織江お姉ちゃんの彼氏？」

「ええ⁉」

おませな質問に織江さんは慌ててしまっていた。

「そ、そ、そういうのじゃなくて、えっと、えっと」

「おれ、知ってるよ。日曜日になると、その男の人が来るからって織江お姉ちゃん、院長先生にお願いして髪の毛とかセットしてもらってるんだぜ」

幼い少女に便乗するように、おかっぱの幼い男の子が言った。

「わー！　わー！　違うから！　そんなことないもん！」

織江さんはブンブンと腕を振り回し、顔が真っ赤になって泣きそうになっていた。

「あらあら、談話室で喧嘩はしちゃダメよ」

談話室の様子を見に来た桜野院長が、幼い男の子の頭を人差し指でつついた。

「ひえー。院長先生だー。逃げろー」

「逃げろー。院長先生のすべすべ肌魔神ー。美人だけど年増ー」

二人の仲良し少年少女は談話室を去っていった。

「……あの二人は明日、朝一で注射をしなきゃね」

桜野院長は眉をピクピクと震わせていた。

「……それはそうと織江さん。小説ってどんな感じに進んでいますか？」

自分は話題を変えようと、織江さんに聞いてみた。

「はい⁉　そ、そうですね……ラストの方までは進んでいるんです。でもどうしても最後の部分をハッピーエンドに持ち込むきっかけが掴めなくて……なんか閃きが欲しいんですよね」

やはり小説の件となると真剣になるのか、先ほどとは変わって本気で悩んでいるようだった。

「絵本とかを読んで何かヒントは掴めているんですけど、なかなか閃かないんです……」

「閃きが欲しいなら、息抜きが大事よ」

桜野院長は自分と織江さんの肩に手を置いて、アイデアを出した。

「デートに行きましょう」

「デ、デート？」

「デ、デート⁉」

自分も織江さんも桜野院長の思いもしない発言に、素っ頓狂な声を出すしかなかった。

桜野院長の提案で、桜野院長は彼女の所有するスポーツカーで、自分はセルシオを運転して淡路島のサービスエリアにある大観覧車へと辿り着いた。

桜野院長が運転するスポーツカーには私服に着替えた織江さんが同乗していた。

自分はセルシオを運転しながら、何度も目にしていた大観覧車だったが、改めて目の前にすると驚くくらいの大きさに圧倒された。セルシオを桜野院長が停めたスポーツカーの隣に駐車する。

「ちょっとだけお腹が空いたから食事にでもしましょう。私が奢ってあげるわ」

「わーい！　やった！」

無邪気に喜ぶ織江さんに自分も桜野院長も目をあわせて笑みを見せた。サービスエリアのフードコートで桜野院長はサンドイッチとコーヒーのセット、自分は天ぷら定食、織江さんはハンバーグ定食を注文して食事を楽しんだ。

食事を終えて織江さんがソフトクリームに興味津々になると、桜野院長は快くメロン味のソフトクリームを奢った。ついでと言わんばかりに自分にもチョコミント味のソフトクリームを手渡してくれた。

ソフトクリームを食べながら歩いていると、ドッグランを見つけた。

「小樽さん！　見てください！　ワンちゃんですよ！　ワンちゃん！　可愛い！」

織江さんは小型の犬たちの走り回る姿に虜になっていた。ソフトクリームを食べ終えていたにもかかわらず甘い匂いにつられてか、たくさんの犬が織江さんのそばに寄ってきていた。

「可愛い、本当に可愛いね」

彼女は犬たちと目をあわせながら癒されていた。

「こっちの種類はチワワだね。それにダックスフント。パピヨンだっている」

「小樽さんって本当に物知りなんですね。この狸みたいなワンちゃんは何ていう種類ですか？」

彼女は一番お気に入りなのか、見たこともない毛色と体格の小型犬を指差した。

「このワンちゃんは……雑種だな」

「雑種？」

「違う種類の親同士で生まれたワンちゃんさ。でも最近はこういうミックス犬も流行っているんだよ」

やがてその雑種犬の飼い主の女性がその犬を抱っこすると、ずっと見つめていた織江さんに「抱いてみますか？」と言ってくれた。

「抱きしめてごらん、織江さん」

「それじゃ、いいですか？　よいしょ」

彼女は雑種犬を胸に抱きしめると、本当に嬉しそうな表情をする。

「可愛いねえ。とっても可愛いねえ」

織江さんは狸のような雑種犬と頬を擦り合わせる。まんざらでもないのか雑種犬も目を細めて彼女の思うがままに可愛がられている。

ドッグランを堪能し、向かったのは大観覧車だった。

「高ーい、病院から見えていたんですけど、こんなに高い観覧車だったんですね」

「ああ、自分も驚きました。やっぱり目の前にすると迫力が違いますね」

「乗っておいで」

桜野院長は自分と織江さんの手を引いて笑顔を見せる。観覧車に乗る列に並ぶと、やがて自分たちの番が回ってきた。

「それじゃ、またね、待っているわよ」

「あれ、桜野院長は乗らないんですか？」

「私、高い乗り物って苦手なの。だから二人で楽しんで」

桜野院長は手を振りながら、自分と織江さんを見送った。

「え、エヘへ」

「あ、アハハ……」

メロディが流れる観覧車の中でお互いに気まずくなってしまい、照れ笑いをしてしまった。

自分だって年頃の美しい女性を目の前にすると気恥ずかしい。

それに織江さんは患者用の服ではなく縞模様のサスペンダースカートで、洒落っ気があって新鮮な気持ちになってしまう。

「あ、あっちが東京の方面なんですよね！　小樽さんって東京から来ているんですよね！」

話題を作ろうとしてくれたのか、織江さんは指差して東の方を見ていた。

「すごいなー。どんなところなんだろ？　東京って」

「人がたくさんいて、色んな仕事をしている人がいます。自分は新宿で働いていて、仕事で外に出る時は新宿を歩き回っていますよ。行ってみたいですか？」

「はい！　ちゃんと元気になることが出来たら、是非とも東京に行ってみたいです！新宿にも行ってみたいなぁ」

「……そうか」

皮肉なものだと思った。彼女は東京で自殺を図り記憶喪失に陥り、今は遠いこの地で治療をすることが出来ている。

しかし彼女は再び東京に行ってみたいと言う。人の願いはどうしてこうも因果なものなんだろうと考えてしまった。

「その前に、しっかりと小説を完成してみせますよ！」

「さっき織江さんが読み聞かせていた絵本。あれは『オズの魔法使い』だよね」

「そうなんです。私、『オズの魔法使い』とか『不思議の国のアリス』とか児童文学作品系が好きなんです」

確かに彼女の書き上げようとしている小説はファンタジー風で、多くの児童文学作品から影響を受けていることが分かる。

「『オズの魔法使い』の作者であるライマン・フランク・ボームは、元々は演劇家だったんだ。だからかもしれないけど、彼の書いた作品は面白いキャラクターがたくさんいるんだよね」

「そうなんですよ！　私、特に『オズの魔法使い』に登場するライオンさんが好きなんです」

「臆病なライオンだね。臆病だけれども旅の中で、森で危険な巨大蜘蛛を倒して、動物たちの王になるんだ」

自分が言うと織江さんは「そうなんです！　そうなんです！」と相づちをした。

「『オズの魔法使い』は様々な解釈があるんだよ。子どもたちにファンタジーを感じさせる世界を見せてくれていると同時に、そこには当時の農業事情に対するアンチテーゼが含まれているんだ。例えば臆病なライオンは、当時の労働者階級を変えようとしていた人民党の政治家がモデルだと言われているんだ」

「そうなんですか？　もっと詳しく教えてください！」

「そうだね、例えばだけど……」

それから自分は織江さんに『オズの魔法使い』という作品が、当時のアメリカ経済の風刺として描かれていることを教えた。

悪役の魔女は当時農業従事者を圧迫していた軍事を支持していた政党をモデルにしていたことなど、十九世紀のアメリカの政治事情を説明しながら、物語とどう絡んでいるかを教えた。

「なんだか小樽さんと話していると、懐かしい気持ちになります。なんか同じようなことを誰かにしてもらったような。とても心が落ち着きます」

「……それは俺も同じかもしれません」

奇しくも自分もかつて暁と本を読み合っていた時のことを思い出していた。当時は自分が暁に作品に対する解釈を教えてもらい、文学の面白さに触れることが出来た。暁は、記憶を失う以前の織江さんにも、こうして文学作品の面白さを伝えていたのだろう。やがて観覧車は地上に着いた。

「あー！　楽しかった！」

「あらあら、本当に楽しかったみたいね。ちょっと羨ましいな」

満足げな笑顔の織江さんを見て、桜野院長は微笑んだ。

「それじゃ、俺はこのまま東京へ戻ります。また会いましょう」

「小樽さん！　小樽さんに教えてもらったことで、いろいろ閃きました！」

「すっと来週には書いている小説、ハッピーエンドで完成してみせます！」

笑顔で手を振る彼女たちに別れを告げると、彼女の書き上げる小説に期待を膨らましながら、セルシオに乗り込むと東京へ戻るのだった。

日が変わり、この日、仕事の合間に東京の拘置所に足を運んだ。暁に会うためである。面会室を訪れると暁が笑顔で出迎えてくれた。

「時間は三十分間です」

毎度のように、職員の監視付きで二人の時間が訪れた。

「織江さんが書き上げようとしている小説だけど、もしかしたら来週には完成するかもしれない」

「そうか、楽しみだな」

「なあ、晄。どうしてあの物語のハッピーエンドが見たいんだ？　確かにこの前渡した時の物語は、最後にお姫様が城を作った人たちを思いながら身を投げるという終わり方で、寂しさはあった。だけど物語としての完成度は、あれで完璧だったと思えたんだけど」

自分が質問してみると、晄は首を振った。

「ハッピーエンドであの物語を見てみたいのは、ただ単に僕のわがままなんだ。僕は死ぬ前に織江ちゃんの書き上げる物語が読みたい。そして最後に死ぬ瞬間には、織江ちゃんの幸せな物語を思い返しながら、死刑を受け入れたいんだ」

「晄……」

自分は何度も晄に言った提案を、この日もまた、言うことにする。

「控訴しよう。晄側にも釈明の余地はある。それに全てはエックス・デフィションの行いがきっかけなんだ。証拠を集めて罪を軽減するように弁護士に頼むんだ。被害者の方にも責任はあるはずだ」

「それは違うんだよ。小樽」

暁は首を振る。

「僕がしてしまったことは許されていいはずはない。もしも普通に首を絞めるだけで後遺症が残る程度で終わらせていたら、その提案は受け入れていいと思う。だけど僕は残忍すぎる行いをしてしまったんだ。怖いんだよ。僕自身が生きるのが。心の中に悪魔がいるんじゃないかって考えてしまって、毎日が怖い。人を殺した人間が生きていくのは、小樽が思っているよりも難しいことなんだよ」

「暁は織江さんに会いたいとは思わないのかよ⁉」

思わず声を荒げてしまい、職員からも睨まれてしまったが自分は言葉を続ける。

「織江さんは暁がいるからこそ小説を書こうとしているんだろ！　暁が今生きているのだって織江さんの小説を心待ちにしているからだろ！　本心はどうなんだ？　暁は織江さんに会いたい気持ちがあるんじゃないのか⁉」

「……会いたいよ。正直な気持ちを言っていいのなら」

暁は涙を流していた。

「おかしい話だよね。僕は彼女のことが好きだったのかもしれない。彼女と本のことを話し合ったり、どんな物語を書いてみようかと話し合ったり、本当に幸せな時間だった。だけど僕は彼女と会うべきではないと思う。彼女は僕のことなんか忘れるべきなんだ」

「暁……生きていてくれるだけでも俺は嬉しいんだ。無期懲役でも暁だったら仮釈放がいつかは認められるかもしれない。そうなったらさ、また本でも読もうよ。なあ暁……」

自分も涙を流していた。暁が死を受け入れようとしていることが、何よりも悔しかった。

「小樽の気持ちは嬉しいよ。だけど、無期懲役にしてもらうために控訴をして裁判をすることになったら、事件の関係者である織江ちゃんをその場に呼ばないといけないだろ？　そんなこと僕はさせたくない。彼女に辛い記憶を思い出させたくないんだ。どのみち、釈明しようにも、僕は証拠になる物を壊しちゃったからね。どうしようもないよ」

暁は涙を拭うとこっちを優しく見つめる。まるで、中学生の時、新幹線のホームで別れることになったあの日を思い出させる表情だった。

「これもわがままかもしれないけど、小樽。君だけは僕のことを忘れないでいてほしい。君は僕のたった一人の友達で、僕のかけがえのない宝物なんだ。君との思い出は絶対に忘れないよ」

「……暁」

「三十分が経ちました。本日の面会時間は終了です」

職員から合図されると、仕方なく席を立った。

「暁。必ず織江さんが書いた小説、また持ってくるから。だから待っててくれよな」

「ありがとう、小樽。身体に気をつけてね」

去り際に暁は笑顔を見せてくれた。

「こんなことをあなたに言うのは、本来は駄目なんですが」

廊下を歩きながら、職員から声をかけられた。

「間もなく死刑確定の決断が下る予定です。先ほどあなた方が控訴の提案をしましたが、才原暁は控訴、再審の意思を見せなかったので、予定通り死刑確定の判決になるでしょう。そうなると面会も出来なくなるでしょう」

「……そうなのですか、分かりました」

元々、暁と会えたこと自体が幸運なことだったのだ。自分が今出来ることは、無事に織江さんの書き上げたハッピーエンドの物語を暁に届けることなのだ。

暁の最後の笑顔を思い、振り返りながら拘置所を出るのだった。

週刊インディーテイカー編集部でレポートをまとめながら、ある事柄に引っかかっていた。

エックス・デフィションというグループと暁が起こした事件の真相についてレポートを書き上げてはいるが、エックス・デフィションが合流する場所の特定だった。

谷崎オーナーから与えられた情報として、エックス・デフィションが絡んでいるナイトクラブの「レプテリアン」という場所が鍵になっていることは分かっているのだが、そこはいわゆる暴力団が経営しているナイトクラブなのだ。単身そんな場所に乗り込むのは自殺行為になる。

どうしたものかと、パソコンの前でにらめっこしていたが、もう少しだけ様子を見てみようと思った。時計を見ると、時間は六時を過ぎようとしており、帰宅をする人も多くなっていた。自分も帰ろうかと思った時に、ハキハキした声が響いた。

「ヤッホー、元気にしている？　藤村英津子でございます！」

菓子折を手にしながら、セミロングの髪先をパーマにした女性がやってきた。リトルライト社の小説やエッセイ本を出版するアメイジンググレイス社の企画部担当の藤村英津子さんだった。

「藤村さん、お疲れ様です。相変わらず元気ですね」

「あら、小樽君、こちとら元気がないと生きていけない世の中なんだから、当たり前じゃない！」

自分の挨拶に藤村さんはキャッキャと笑う。藤村さんはアメイジンググレイス社から出版される本の企画情報を届けるために、よく週刊インディーテイカー編集部に顔を出す。

年齢が三十代半ばで明るい性格、そして、仕事のノウハウが豊富な人なので、いろんな人から慕われている。

しかし、彼女は年齢の割にはテンションが高く、エネルギーに満ち溢れているので、宏人さんや周りの同僚も口を揃えて「大人しく、お淑やかにしていれば、美人なのにな……」と言う、どこか残念な人であった。

「草壁編集長、これこれ、今月のアメイジンググレイスから出版される本よ」

藤村さんは出版される本の情報が記されたレポートを草壁編集長に渡す。

「ありがとう、藤村君。ちなみに藤村君がオススメしたい本はどれかな?」

草壁編集長が聞くと、藤村さんは「うーん……」とあまり浮かない表情をしていた。

「それがねー……どれも良い作品なのよ。良い作品なんだけど、ありきたりな印象なのよね。爆発力がないのよ、爆発力が」

藤村さんは手を広げてドッカーンと爆発をさせるような表現をする。

「マイルドになってるのよね。もっとエグい表現とか使っても良いのに、どれもストーリーが淡々としていて、味気がないのよ。今月も映画化とかドラマ化に向いてそうな作品はないかなぁ」

「確かに、小説のドラマ化や映画化はヒットに繋がるポイントだからね。だけど、未知なる作品を発掘するのは、アメイジンググレイスの腕の見せ所だろ？」

草壁編集長が笑うと、藤村さんも頷いた。

「もちろんでさぁ！　任せてくださいまし！」

藤村さんは男勝りな口調でガッツポーズをしていた。

「気合い入れたら、お腹減っちゃった。草壁編集長、ご飯でも食べに行きます？」

藤村さんの言葉にその場にいた全員に寒気が走った。誰もが藤村さんに気づかれないように、タイムカードを押して週刊インディーテイカー編集部を去ろうとしていた。

「あ……俺は……まだ、編集のチェックをしないといけないし、それにアメイジンググレイスの出版する本の情報を載せる場所を確保しないといけないし……あまり、お腹減っていないし……」

草壁編集長は冷や汗をかきながら、オロオロしていた。過去には戦場で銃撃戦が繰り広げられた場所にもいた経験がある人間が、デスクの前で一人の女性に食事の誘いを受けてパニックになっていた。何とも奇妙な光景である。

「小樽君！　お腹減っているよね⁉　今日はもう上がる予定だね！　今日は藤村君にご飯を奢ってもらうと良いよ！」

「⁉」

草壁編集長はヤケになったのか自分の方に振ってきた。パソコンを閉じて、帰宅しようと鞄を手にした自分のタイミングを呪った。

「いいね！　小樽君、ご飯食べに行きましょう！」

「あ、う……」

満面の笑みで微笑む藤村さんの笑顔の前では断ることも出来なかった。自分は頷くと元気な仕草の藤村さんに付いていて週刊インディーテイカー編集部を後にした。

タクシーに乗り、新宿を離れて早稲田の方へと向かって二十分ほど行くと、藤村さん行きつけの「ゴア」という名前のカレー屋へと着いた。

木の看板にゴアと名前をでかでかと主張し、横には模型のインド象が招き猫のごとく座っており、店の外は食欲をそそるカレーの匂いがして、良い。しかし、この店の本領は中に入ってからなのだ。

「大将！　二名空いてる？」

藤村さんは元気な声で扉を開く。自分も店の中に入る。

すると、玉葱色のバンダナを巻いたインド系の日本人のシェフが笑顔で「大丈夫だよ！」と答え、藤村さんと自分をテーブルに案内した。

「……」

店の中を見渡すと何百もあるスパイスと真っ赤な唐辛子、ハバネロ、そして、苺のような形をした唐辛子が所狭しと、厨房に飾られていた。

苺のような形の唐辛子はキャロライナ・リーパーでハバネロの五倍ほどの辛さなのだ。この店はそんなキャロライナ・リーパーをふんだんに使うカレー屋さんとして激辛マニアの間で話題を呼んでいる。

一度、自分と宏人さんも藤村さんが食事をご馳走してくれるということで、喜んでこの場所に来たが、その時のことを思い出しただけでも舌が痛くなりそうになる。

「アイヤー、注文は何にする？」

シェフの娘である従業員の三つ編みの髪型のエマちゃんが笑顔で注文を取りに来た。

「私は辛レベル10の特製ゴアカレーね」

藤村さんは慣れた様子で褐色肌のエマちゃんに言う。

「……自分は辛レベル1の軟弱者用ゴアカレーで……。あと、シロップソース和えチキンを一人前で……」

自分は少し弱気な声でエマちゃんに注文をする。

「辛レベル10の特製ゴアカレー一つ、辛レベル1の軟弱者用ゴアカレー、シロップソース和えチキン一人前、注文いただきました！」

エマちゃんは復唱して、自分の方を見る。

「……へっ、軟弱者」

エマちゃんは口を曲げて、コケにするように言う。

「う、うぅ……」

敗北感がこみ上げ、悔しい気持ちにはなるが、こらえるしかなかった。ちなみに宏人さんはエマちゃんにコケにされて、なぜか嬉しくなったらしい。将来が心配である。

そしてシェフが鍋からカレーをすくっているのだろう、一つの蓋を開けた時、店内はおどろおどろしい辛い匂いに包まれた。匂いを嗅いだだけで、鼻が刺激され、額から大量の汗が出てくる。

「アイヤー、辛レベル10の特製ゴアカレー、辛レベル1の軟弱者用ゴアカレー、シロップソース和えチキン一人前。お待たせしました！」

エマちゃんは注文の料理を運び、去っていった。

自分の目の前にある辛レベル1の軟弱者用ゴアカレーは絶妙なスパイスが混ぜられたカレーで、素揚げされたパプリカやカボチャが添えられていた。それでもスパイスにはハバネロが含まれており、辛レベル1でも相当な辛さのあるカレーである。

シロップソース和えチキンを頼んでおいて良かったのは、鶏肉のもも肉を炭火で焼き、レモンソースとハニーシロップソース、そして岩塩を混ぜたソースで和えてからバーナーで炙られた料理で、これが地味に絶品だからだ。これとカレーのマッチングは五つ星レベルの味になる。

そして藤村さんの目の前にある辛レベル10の特製ゴアカレー。これはキャロライナ・リーパーをこれでもかと加えたカレーで、カレーのルゥの色が真っ赤に染まっている。

中に入れられている鶏肉やジャガイモも色素によって赤色に染まっているのだ。

「それでは、いただきまーす！」

「い、いただきます」

藤村さんは躊躇することもなく真っ赤に染まったカレーを食べていく。

「美味しい、美味しい」

と言いながら食べていく様は本当に美味しそうで、自分も食べてみたくなるがそれは絶対にいけない。

過去に自分と宏人さんも辛さなど関係ない！　と言わんばかりに藤村さんと同じ辛レベル10の特製ゴアカレーを注文したが、一口食べただけで失神しそうな舌の痛みに悶絶した。辛レベル10は激辛マニアでも少数の人間しか食べることの出来ないカレーだったのだ。

自分などのような普通の味覚の人間には辛レベル1の軟弱者用ゴアカレーが最適ではあるが、これもハバネロが使用されているので、普通に辛い。この店で一番人気があるのはこの辛レベル1の軟弱者用ゴアカレーであるのだが、オマケのサービスでエマちゃんからの一言が添えられるのだ。それもマニアの心をくすぐるようだが、あまり深くは知らない。

自分は追加注文したラッシーを飲みながら、舌の痛みを休めるために藤村さんに話題を振る。

「藤村さんって最近はどんな小説が好きなんですか？」

「ん？　そうねぇ。現代的な大衆小説が一番好きだけど、最近はライトノベルとか、ファンタジー系の作品も好きよ」

藤村さんは水を飲むこともなく、カレーを食べ進めていた。

「ネット小説から派生してくる作品も馬鹿には出来なくなってきたのよね。ネットの技術が進化して、無料で読める小説がブームになったりしてるからね。面白い作品は読みやすかったり、工夫がされていたりして、難しいことを考えずに読めるものはやっぱり面白いのよ」

「自分の知り合いにファンタジーの小説を書いている人がいますけど、結構昔の文学を取り入れたりしているんです。小説好きな人は一周回って、ライトな作品に戻る傾向があるのかもしれませんね」

「あら、小樽君の知り合いで小説家志望の人でもいるの？」

藤村さんは、「それ、食べてもいい？」とチキンを見て尋ねたので、自分は取りやすいサイズに切って渡す。

「はい。まだ未完成なんですけど、どんな作品になるか自分も楽しみなんです」

「良かったら、私にも見せてね。未知なる作家が生まれるかもしれないから」

自分は「分かりました」と頷いてラッシーを飲んだ。

「でも、小説っていつかは終わりが来るんでしょうかね？　最近はＡＩが物語を作り出すことが出来るってニュースでもやっていたり、どこかからコピーされたような物語が出てきたりで、小説っていう文化が終焉を迎えるんじゃないかって思ったりしてしまうんですよね」

たまに考えてしまうことを自分は藤村さんに言う。

「なくならないよ、文学は」

藤村さんは自分の言った言葉に真剣な表情で答えた。

「確かにＡＩが作る物語だって、パクりみたいな物語だって面白い作品はあるよ。でもね、例えばだけど、百秒で誰も苦労もせずに、楽して作り出された物語と、ある人間が辛い過去、思い出したくもない記憶、それらを曝け出すように、血反吐を吐きそうになりながら苦労して書いた作品。小樽君はどっちの方を読んでみたいと思う？」

「……後者ですかね。やっぱり、人の心を動かすのは人が心を込めて作り上げたものだと思いますから」

自分の答えに藤村さんは微笑む。

「小樽君がそう答える人で良かった。小樽君みたいに人の心を読みたいって思う人がいる限り、文学はなくならないんだよ」

藤村さんはそう言うと、真っ赤に染まっていたカレーを平らげてしまった。

「あー、美味しかった。小樽君も早く食べちゃってね」

「え？　あ、はい」

自分はまだ半分近く残っていたカレーを食べ進めた。

舌は痛かったが、藤村さんのような文学を愛する人がこれからも新しい文学を見つけようと思ってくれていることを、自分は嬉しく思いながらカレーを食べた。


前日に食べたカレーの胃もたれを感じながらも週刊インディーテイカー編集部で、締め切り間近のレポート記事を書く。しかし、記事は書けているのだが、掲載する記事にするには確定した証拠がないのだ。草壁編集長との約束で、晄の事件をレポートにするには真実である情報を載せる必要がある。

「小樽君、ちょっといいかな？」

草壁編集長からデスク越しに声をかけられる。立ち上がり、草壁編集長のデスクへ向かおうとするが、草壁編集長は手で座ったままで良いと合図をする。

「上からの指示でね、締め切りまでの期間を狭めたいようなんだ。明後日が締め切りだったけど、営業本部との兼ね合いで明日までにしたいそうだ。レポート記事は本部に提出してくれていいから、頑張ってもらう必要があるけど、大丈夫かい？」

随分と無茶な要求ではあるが、上からの指令では平社員である自分には抗うすべはない。

泊まり込みで頑張れば良いだけだ。

「なんとかします。提出する際は本部のメールアドレスにレポートを送れば良いんですよね？」

自分の問いに草壁編集長は「ああ」と頷いた。

「おやおや、樽坊、結構ピンチに陥っているではございませんか」

締め切りに間に合わせて、余裕な表情の宏人さんは切羽詰まっている状態の自分をからかう。

「ま、期待されているってことは良いことじゃねえか。頑張れー。ふぁいと、ふぁいと」

チョコレート菓子を食べながら余裕ぶっている宏人さんに、自分は苛つきを感じてしまっていた。

「……良いですよね。担当しているページが数ページしかなくて、しかも、定番的な内容を書いていても上からは文句を言われない楽なポジションで。俺も早く出世して楽な仕事を受け持ちたいもんです」

　自分の言葉に宏人さんも表情を変える。

「なんだよ、生意気なこと言うじゃねえか。お前、誰が仕事を教えたと思ってるんだよ？　俺が楽な仕事してるって？　冗談言うんじゃねえよ。店の評価をレポートするのに、どんだけ勉強しないといけないか分かってんのか？　自分が苛ついてるからってひねくれてんじゃねえぞ」

　宏人さんは睨むように視線を向けると、自分は皮肉を込めるように溜め息を吐く。そんな態度に宏人さんも怒りを感じたのか、眉をつり上げていた。

「……二人ともいい加減にしろ。最初に宏人君が小樽君をからかったのが原因だ。小樽君も宏人君は先輩なんだから、態度を考えろ。もしもこれ以上、職場の雰囲気を乱すようだったら、俺も声を荒げるぞ」

　静かな口調ながら、草壁編集長が宏人さんと自分を咎めた。

「……すいません、取材に行ってきます」

　宏人さんは呟くように言うと、自分には目もくれずに週刊インディーテイカー編集部を離れた。

「みんな、すまない。仕事を続けてくれ」

草壁編集長は手を止めていた編集部のスタッフに言うと、全員仕事に戻った。

自分も仕事を続けたいと思っているのだが、やはり、証拠となる情報が必要だった。

気がつけば時間は昼を過ぎており、パソコンとにらめっこをするだけの時間が流れていた。

そんな時に草壁編集長の電話の声が聞こえた。

「ああ。だから言っただろ。暴力団の門心会が麻薬の密売、脱税の裏の手引きだって。そこが基点になっていたんだよ」

会話の内容から電話先は警察関係者だろうと思った。たまにではあるが、草壁編集長は調べた情報を警察時代の関係者に教えていることがある。週刊インディーテイカーが無茶な取材を可能にしているのはこのことが関係していたりする。

「脱法ハーブの売買している人間がナイトクラブのレプテリアンに入っていることはそれで確かだろ。だったら、レプテリアンにも資金を援助している門心会が密かに隠している麻薬や金品がある可能性がある。レプテリアンのことを調べるんだったら、門心会が検挙されていることを知らされないうちにするべきだろうな。早く出来るんだったら、今日のうちにでも署長の許可を取るべきだな」

草壁編集長が会話を続けているうちに、自分は立ち上がると草壁編集長のデスクに向かう。

取材許可のサイン用紙を草壁編集長に見せると、草壁編集長は電話に耳を傾けながら、サイン用紙にハンコを押した。そして、自分は編集部を離れた。

ビルの玄関で取材を終えた宏人さんとすれ違った。

「おう、樽坊、さっきは悪かったな。今度飯奢るからさ、機嫌直してくれや」

「別に、俺が大人げなかっただけですから」

「取材か？　どこか行くのか？」

自分は急いで行きたいので、歩きながら振り返らず行き先を言う。

「取材です。レプテリアンという場所に向かいます」

今は一秒でも時間が惜しかった。すぐにタクシーを拾い、新宿ビルを後にした。

目的の場所であるナイトクラブに足を運んだ。昼を過ぎた時間なので辺りに人がいる様子はない。ナイトクラブの看板を見上げた。

〝レプテリアン〟と名前の付けられたクラブは去年オープンし、様々な有名人も足を運んでいるという噂も立ち話題になっている。

「失礼します」

地下に繋がる階段を降りて声をかける。事前にタクシーの中で週刊インディーテイカーに記事を載せるために話を聞きたいと知らせていた。

そのため受付にいた口髭を蓄えたパンチパーマの若い男性スタッフは、舌打ちをしながら自分をオーナー室へと案内してくれた。

「オーナー、週刊インディーテイカーからやってきた奴を連れてきました」

「おう、入っていいぜ」

スタッフは顎でドアを指し示す。入って良いと許可をもらったので入ることにした。

「あんたが話を聞きたいっていう奴か。何が聞きたいんだ？」

椅子に座った髪の毛を真っ白に染め上げ、横柄な態度で迎えてくれた人がレプテリアンのオーナー、飯田拓也であることはすぐに分かった。歳は自分と変わらないくらいだが、ここまで人生を謳歌している若者がいるのかと思ってしまった。

彼の隣には愛人だろうか、ミニスカートで生肌の太股を飯田拓也の身体に絡ませている若い女がいた。

「週刊インディーテイカーから参りました、友永小樽です。この度はオープンされたレプテリアンの成功の秘訣を是非とも記事にしたくて参りました」

「ハッハッハ！　そうかい！　そうかい！」

飯田は愛人の女の唇をむさぼるように舌を絡ませると、部屋から出した。

「世の中は金だよ。金を持ってる奴はその金を使ってどんどん儲けていくんだよ。俺はそのためにもこのナイトクラブを設立して、さらにスゲえ人間になるんだよ」

「編集部の方でも話題になっていたのですが、飯田さんは元々はプロ野球選手だったのに、引退をしてから違う業種で成功されるのは多大な努力があったのでしょうか？」

質問をすると飯田は上機嫌になっていった。こういう人間はおだてると隙を見せることを自分は熟知している。

「引退っていうよりも追放されたって感じだよな。でも俺はその時の恨みを忘れていねえ。その憎しみの気持ちで這い上がってやったのよ。今頃、俺を追放したプロ野球界も俺のことを羨ましがっているだろうぜ」

「飯田拓也さんは不祥事でプロ野球界を追放されたと、当時でも話題になりました」

「そうだ、未成年に酒を飲ませた？　乱交した？　それの何が悪いってんだ。女なんて気持ちよくなるために生きているような奴らだろ。思いのままにさせて、なんで俺が野球を引退させられなきゃいけねえ。反吐が出るぜ」

「レプテリアンの立ち上げの成功の秘訣はズバリ、なんだったのでしょうか？」

「簡単だ。這い上がる気持ちを忘れねえことだよ」

どや顔で飯田は染め上げた髪の毛を触る。

「レプテリアンには著名な方が来店されていることでも有名です」

「そうだな。元々俺の親父も野球界でブイブイいわせていた人間だったから、昔から俳優の息子とか芸能人の知り合いは多かったぜ」

「そうなると二世芸能人惨殺事件の件では心をいためているのではないでしょうか？　タレントとして活動をしていた被害者である浦神岳氏さん、岩丸裕貴さん、波多野順平さんもレプテリアンに足を運んでいたと聞いています」

その名前を聞いた瞬間、飯田の眉が動いた。

「あいつらか、まあ残念だわな」

「ちなみになんですが、彼らが違法動画投稿グループであるエックス・デフィションに関わりがあったということは、ご存じでしょうか？」

「……何が聞きたいんだ。あんた？」

先ほどまで上機嫌だった飯田の表情は険しくなっていた。

「とある情報で知ったのですが、エックス・デフィションが動画を投稿する際には、必ずこちらのレプテリアンに来ていたと聞き及んでいます。動画のコメントでも、レプテリアンがエックス・デフィションの動画編集を行っていた場所ではないのかという書き込みも見られたとか」
「エックス・デフィションとかは知らねえが、まあ、あいつらが女遊びにハマってい
たのは確かだな」
話をすり替えようとしているのか、飯田は睨むようにこちらに視線を向けた。
「女を連れ込んでいたのは認める。モデルの卵だったり、レースクイーン、美人の女
の教師だっていた」
「彼らが連れ込んだ女性が全て薬物に手を出し、薬物中毒に苦しんでいたということ
は？」
「知らねえ」
一瞬だが目が泳いだ。草壁編集長から嘘を見極めるには相手の目、瞳の奥をよく見
ることだと教えられた。彼がその時、嘘をついていたことは明白だった。
「飯田さんはビターローズで風俗嬢として働いていた南織江という女性を知っていま
すよね？　よく指名していたと聞いています」
「ああ、しゃぶるのが上手いあの女か。それがどうした？」
「……彼女もレプテリアンに彼らと来店した時から、薬物に手を出したと情報が伝わ
っています」

「あんたは何か？　二世芸能人惨殺事件の被害者だったあいつらがエックス・デフィションのメンバーで、この場所がエックス・デフィションの協力をしているって、言いたいのか？」

「真実は分かりません。ですがエックス・デフィションの動画広告収益がこちらのレプテリアンに振り込まれているという情報、そして先日逮捕された脱法ハーブ売買関係者が密売場所として、レプテリアンの名前を出しているという警察筋からの証言もあります」

「それが全て真実だって言ったら、あんたはどうする？」

「どうなるんでしょう？　私はただのジャーナリストなので、記事にするだけです」

「だったら記事にすりゃいい。全て真実だ。だけどここまで知ったら、あんたもただで帰れるか分からねえけどな！」

飯田拓也は猛スピードで自分の首に手をかけた。元々スポーツ選手だったこともあり、その機敏な動きに対応することが出来ず、凄まじい力で頸動脈を締め上げられた。

「死体のバラし方なんて知り合いの組合に知らせればカタがつくんだ。今はまだ殺さねえさ、あんたの死に様を撮影したら、また金が稼げるだろうぜ」

脳内の意識が途切れそうになりながら口を動かす。飯田に言いたいことを伝えたいためだった。

「なんだ？　何が言いたい？　命乞いだったら聞いてやる」

「……レプテリアンの協力組合の門心会は昨日、検挙されましたよ……レプテリアンでの薬物の密売情報……賄賂の情報とか……脱税手口の裏取り引きも筒抜けになっています……」

「……なに？」

手に込めた飯田の力が一瞬弱まる。その隙に頭を飯田の鼻先にぶつける。

「テメエ！」

鼻の骨が折れたのだろう、飯田は鼻を曲げてしまい血をボトボトと流していた。

「ぶっ殺してやる！」

「なんだ⁉　あんたら⁉」

扉の先から驚きの声が聞こえると、ぞろぞろと足音がした。

「脱税容疑、及び違法薬物所持の疑いで捜索させていただきます！　令状もすでに発行されているので拒否権はありません！　レプテリアン関係者は全員車両にご搭乗をしていただきます！」

先ほどの口髭の受付の男がオロオロとしている先には、私服警官が警察手帳と捜索令状を掲げている。

バーカウンターの後ろからコカインや大麻、さらにはレジからは脱法ハーブなどがどんどんと捜し出されていく。さらに飯田が視線を向けた方向に気づいた警察はそこに金庫を見つけ、無理矢理こじ開けると大量の札束が出てきた。

「ふざけんな！　テメエ！　絶対に許さねえ！　ぶっ殺してやる！　殺してやる！」

飯田は警察隊に捕獲されながら、自分に罵詈雑言をぶつける。

「……勝手に恨んでくれて結構。その憎しみを抱えながら生きてやるさ。生きてやる」

首に残った絞め痕を手で擦りながら、レプテリアンを後にした。

一休みしたい気持ちはあったが、すぐに記事を書こうと決めると週刊インディーテイカー編集部に戻った。


新宿に戻る頃には夕方を過ぎていた。ちょうど新宿ビルに入った時に草壁編集長とすれ違った。

「草壁編集長、お疲れ様です」

「……どこに行っていたんだ？」

珍しく草壁編集長は怒気を込めた声で質問をした。

「取材ですが?」

「君が行った場所であるレプテリアンは先ほど警察の捜索が入ったと聞いた。君はその場所に居合わせていたのか?　その首の痕はなんだ?」

「これは……」

「警察署から連絡が来たんだ。暴行を受けていた一般人が見当たらないと。俺がレプテリアンの情報を警察に伝えていたから、今日中にレプテリアンが検挙されることも予想していた。さっき宏人君から聞いたんだ。小樽君がレプテリアンに取材に行っているってね」

草壁編集長は溜め息を吐く。自分のことを心配していると同時に、上司としての責任も感じているのだろう。

「君は危険なことに首を突っ込みすぎだ。自分を大事にするべきだと自覚しなさい」

「……草壁編集長だって昔は無鉄砲だったんでしょう?　説得力がないですよ」

「小樽君!」

草壁編集長が詰め寄ろうとした時だった。後ろから場違いな少女の声が聞こえた。

「英二叔父さーん!　迎えに来たよ!」

「な!?　琥珀ちゃん?　どうしてここに来たんだ?」

後ろを振り向くと、ポニーテールで学生服姿の見知った少女がいた。草壁編集長の姪である高校生の琥珀ちゃんだった。

「だって今日は英二叔父さんの誕生日でしょ？　約束したじゃん、お家でごちそう作って待っているって！　私、暇だったから叔父さんのこと迎えに来ちゃった」

「う、うん、ありがとう、琥珀ちゃん」

琥珀ちゃんを目の前にすると、草壁編集長も強く出ることは出来ない。琥珀ちゃんは草壁編集長に腕を絡ませ、楽しそうな笑顔になっている。

「早く、早くお家に帰ろう」

「ああ、その前にちょっと伝えないといけないことがあるんだ。ちょっと待っていてくれるかな？」

草壁編集長が自分に目を向けると琥珀ちゃんは頬を膨らませる。あまり時間をかけるのはよくないと思ったのだろう。草壁編集長は落ち着きを取り戻していた。

「とにかく自分の身を大切にしなさい。それから今日は早めに上がるんだぞ。残業もほどほどにしておくんだ」

「分かっています。でも自分の締め切りが明日なんで、今日中には記事をまとめておきたいんです。それが終わったら帰宅します」

「英二叔父さんのこと、困らせたら、いー！　だからね！　英二叔父さん、行こ行こ！」

琥珀ちゃんは威嚇する猫のように歯を見せると、草壁編集長の腕を引っ張りながら帰路についた。

「草壁編集長！」

自分が呼び掛けると、草壁編集長は振り向いた。

「誕生日おめでとうございます！　素敵な誕生日を！」

草壁編集長は笑みを返すと、琥珀ちゃんと一緒に帰っていった。自分はオフィスに入り、週刊インディーテイカー編集部の自分のデスクに座りパソコンを起動させる。鞄からエナジードリンクを二本取り出し、カフェイン剤のボトルを開けて錠剤を二粒、口の中に放り込みエナジードリンクで流し込む。

「よし、やるか」

今まで書いてきた二世芸能人惨殺事件、才原晄、そしてエックス・デフィションについて総決算となる記事の仕上げに取りかかった。

文学青年が起こしたコト

……十一月二十四日。東京都内のナイトクラブ、レプテリアンに警察の捜索が入った。容疑は脱税、違法薬物の所持。当記者は捜索される直前にレプテリアンのオーナーである飯田拓也の取材に成功した。

そして彼自身の口からも違法動画投稿グループであるエックス・デフィションとの関わり、そしてエックス・デフィションの主要メンバーである人物の名前を聞き出せた。

エックス・デフィションのメンバーとして確認したのは浦神岳氏、岩丸裕貴、波多野順平。そう、二世芸能人惨殺事件の被害者でもある彼らだったのだ。

どうして彼らが殺されなければならなかったのか？　その答えは才原晄から聞くことが出来た。

残忍な犯罪者となった才原晄の証言は正しいという確証が得られていない状況であ

る。

しかし今回は彼の証言を記事として載せることにした。これは二世芸能人惨殺事件の裏側であり、信じるか信じないか、それは読者の判断に委ねたい。

「芸能人たちがビターローズに通い、満足げに笑っている姿が印象的だった」

才原暁は被害者たちの初めの印象をそう語った。

「――――ちゃん（ビターローズで人気のある女性）がよく指名されたので、彼女からレプテリアンに送迎を頼まれていたんだ。何日か送迎をするたびに彼女の顔つきが変化していった。その時点で彼女は薬物を打たれていたんだと思う」

才原暁はその女性の名前を言った時、唇を噛みしめながら悔やんでいる目をしていた。

早く気づいていれば、彼女のために何か行動していれば、と呟くように何度も口にしていた。

「あの日、彼女をレプテリアンに迎えに行った時だ。レプテリアンのオーナーから彼女を乗せずに戻るように命令された。僕は責任を持って彼女を家に帰すべきだと思って、ビターローズのオーナーに確認をしたさ、でも、Sさん（ビターローズのオーナー）は上からの命令だからレプテリアンのオーナーの指示に従うようにって言われた」

東京都内の暴力団組織である門心会からのプレッシャーもあったのだろう。門心会はレプテリアンのオーナーである飯田拓也が野球選手の時代からの支援者でもあった。

「次の日だ。彼女が自宅で大量の睡眠薬と抗うつ剤の服用で、自殺を図ったんだ」

レプテリアンで何があったのか？　質問をすると、才原晄は自嘲めいた笑いを見せた。

「覚えているさ、覚えている。あの時までは覚えているんだ」

才原晄はその光景を思い出すように語った。

「二日、経った日。あいつら（二世芸能人惨殺事件の被害者の三人）から新木場のクラブからビターローズへ送ってほしいって頼まれたんだ。新木場のクラブに着いて彼らを車に乗せた。女優の息子が――――ちゃんはビターローズに来ているか？　って聞いてきたから、彼女は病院に搬送されていますと答えたんだ」

才原晄はその時の車内の様子を語ってくれた。

「マジか⁉　死んだんじゃねえのか？」

「まあ、どうでもいいっしょ。死んでくれた方がこっちとしては助かったんだから」

「ああー、でも、どうせならもう一発やりたかったなあ」

彼らは下卑た笑い声を上げていたという。

「予定変更。レプテリアンに向かってくんない？　動画の編集して投稿しようぜ」

「お？　やっちゃう？　エックス・デフィション稼ぎしちゃう？」

彼らに命じられ、車の目的地はレプテリアンに変更したという。

「そうだ、あの時の動画。今、見てみない？　今でもスゲえ興奮するぜ」

「いいねえ！」

動画のデータを車のディスプレイ画面に転送する。その画面に映る光景に才原晄は怒りを覚えたそうだ。

「ハハハ！　精子だらけで犯されてやんの！」

「キメまくりじゃん！　やっぱ、飯田さんの取り寄せたミャンマー製のハーブはスゲえ！」

「やべ、俺、顔映ってる、編集の時モザイクかけておこう」

画面はビターローズの――ちゃんが注射の痕を残しながら、ハーブを嗅がされ、三人の男にレイプされている映像だった。

彼女は泣き叫びながら、ひたすらに笑う声の中で、犯されていた。

「まあ、この女も動画デビューできるんだから嬉しいんじゃね？」

「なんか小説家になりたいとか言ってなかったっけ？」

「なんだ？　それ？　馬鹿じゃねえの？」

　三人の悪魔のような笑い声が車内に響いていた。

「この世は弱肉強食！　弱い奴は死んでも誰も困らねえよ」

「権力も地位もない奴は夢見れる世界じゃないよな。こういう弱い女は俺たちみたいな成功者の養分になりゃいいんだよ」

「あー、でもどうせ死ぬんだったら、もう一回薬決めて犯してやりたかったな。あの女、身体はエロかったもんな！」

「……そこからだな、記憶がなくなったのは。意識を取り戻した時には、僕は彼らを殺してしまっていた」

　こうして二世芸能人惨殺事件が起こった。

「もしも彼女に、何かが言えるのなら……」

　才原暁はレイプの被害を受けた女性の名前を言うと、こう言い残した。

「僕に希望をくれたのに、救うことが出来なくて、ごめんって言いたいな……」

　そう言った時、才原暁の瞳からは涙が流れていた。しかし映像データの残った機器を破壊していた彼は、しっかりと彼女の未来を守ったと言えるのかもしれない。

　様々な人の運命を狂わせたこの事件は、優しさを持っていた青年を犯罪者にしてしまった。繰り返してはいけない事件である。

当記者は今までこの事件、才原暁という人間を取り上げてきたが伝えることが出来る内容はこれが全てである……。


「……ふぅ」

時計を見ると十一時を回っていた。完成した記事を草壁編集長のデスクに置き、さらに本部のメールアドレスにも送信した。

オフィスを出て、市ヶ谷のマンションへ戻り明日を待つことにした。


週刊インディーテイカー編集部に出勤すると社内の雰囲気が、いつもと違うことはすぐに分かった。珍しく宏人さんも自分よりも早く出勤しており、出勤した自分の姿を見て緊張している様子だった。

「小樽君、いいかな?」

草壁編集長が真剣な表情で声をかけた。手元には昨日の夜に書き上げた記事を持っている。

「この記事をどうするべきか。今までの週刊インディーテイカーでの君の記事に対する賛否両論が多すぎて、上層部の方でも問題視されるようになった。今朝方に本部長や営業部長、そして社長までも来ることになって、リトルライト社のトップが集まって会議することが決まった。そこで、社長からの指令で君も出席するように指示された」

草壁編集長は朝の早い時間であるのに、疲れている様子だった。

「この記事は……どうするべきかは分からない。いくら真実だとしても、世間からの批判はとんでもないことになるだろう。それでも君は、この記事を週刊インディーテイカーに掲載したいと思っているのか？」

「俺は、この記事が全てだと思っています。俺が伝えたいこと、伝えるべきこと、全てが詰まっている記事です」

自分の思いを伝えると、草壁編集長は渋々納得するように頷いた。

「君の真意は分かった。とにかく会議室へ行こう。全く、琥珀ちゃんから困らせないでって言われたくせに、君ときたら……」

草壁編集長から小言を言われながら、二人で会議室へ入った。すでに会議室にはリトルライト社上層部の人間が揃っており、重苦しい空気が漂っていた。

「君が友永小樽君だね？」

眼鏡をかけた初老の男性が自分の姿を見ながら質問をした。確かこの男性がリトルライトの代表取締役社長だったはずだ。何年か在籍しているにもかかわらず姿を見たのは、これが二回目だったのでうろ覚えではある。

「はい」

「君の書いている記事は業界の中でも波紋を呼んでいる。もっとも会社としては売り上げに貢献しているのは事実であり、結果という面では私は君を評価している」

代表取締役社長は隣にいるサル顔の高級腕時計をしている男性に目をやる。この人は確か広報部長だったはずだ。

「しかしバッシングはすごいことになっている。広報の私たち、それに営業の人間にとって、この記事を週刊インディーテイカーに掲載することは、会社のイメージに傷を付けることは容易に想像できます！」

ペンを持っている七三分けの髪型をした男性は、記事の一語一語をつつきながら自分の姿を目で捉えた。彼は営業部長だ。

「この記事は被害者の方々への尊厳が欠落している。それに君の書いた今までの記事にはまるで才原暁を庇護するような意見が書かれている。そのせいで芸能関係者からは才原暁を悪魔的存在として世間に認めさせたいのに、正しい人間的な存在のようなイメージを読者には持たれてしまって混乱を招いている。芸能事務所からのクレームがつけられるのは明らかだ！」

「そもそもどうして君は才原晄との面会が出来た？　才原晄はなぜ君にだけは事件の経緯を語った？　君は才原晄と何か関係があるんじゃないのかね？」

会議室にそれぞれの声が鳴り響く。まるで自分を銃撃しているような声が、耳にこだまするように響いた。

「皆さん！　落ち着いてください！　まとめた意見をお願いします！」

草壁編集長が混乱する会議室を落ち着かせようとするが、それぞれの口は止まることはなかった。

「……俺は！」

自分が大声で叫ぶように言うと、会議室は静寂に包まれた。

「才原晄は昔、親友と言うべき存在でした。同じ施設で育ち、同じ時間を過ごして、同じ生活をしていました」

「……小樽君」

草壁編集長が心配してくれたが、自分は首を振った。洞察力の優れている草壁編集長は自分が次に何を言おうとしているのか、分かっていたのだろう。

「俺は、才原晄と同じく、違法宗教法人のシュレディンガーに身を置いていました」

会議室がざわめいた。

「そんな人間がここで働いていたのか……」

「シュレディンガーってあのシュレディンガーだよな？　このことが世間にバレでもしたら……」

「どうして誰も彼の経歴をしっかりと調べなかったんだ……！　解雇するべきだ……！」

様々な声が聞こえた。恐らくもう自分はこの会社で働くことが出来なくなるだろう。そうなればどうすればいいだろうか？　林業の勤務経験があるので、厚木の方で肉体労働をして暮らそうかと考えた時だった。

「……この場所で、彼を追放しようと考えている人はいるでしょうか？　彼が過去に危険な組織にいたからという理由で、蔑むような見方をしている人はいますか？」

草壁編集長が会議室に集まっている人間を見回しながら大きく息を吸い込んで言った。

「ふざけるな！　そんな人間がいるのなら立場なんて関係ない！　境遇がなんだ⁉　世間のイメージがなんだ⁉　彼は一生懸命、俺たちと一緒に働いている人間だ！　彼を追放しようというのなら、俺がぶん殴ってでも止めてやる！」

草壁編集長の剣幕に会議室は一気に静まりかえった。自分はその空気が重く感じられ、耐えるのが辛くなった。

「草壁編集長……すいません。少し頭を冷やしてきます」

「小樽君……」

駆け足で会議室の扉を開く。ドアのすぐ近くには会議の様子を聞いていたのだろうか、宏人さんの姿、週刊インディーテイカー編集部で働く同僚たちの姿があった。

「樽坊……」

宏人さんの呟く声を聞きながら、逃げるように屋上の喫煙エリアへと走った。


リトルライト社のビルの喫煙所は屋上に設けられており、タバコを吸いたい人はこの場所で吸うことが可能だった。疲れ切った頭にはタバコによるニコチンが美味しく感じられるので、脳内をすっきりさせたい人たちのたまり場になっている。基本的に利用者は多い。

しかし今は社内で緊急会議が行われているので、利用者はおらず自分一人だけだった。

「……はぁ」

仄かに匂う副流煙の苦い香りを吸いながら、大きく息を吐いた。タバコは二十歳を過ぎた時に一時期吸っていたが、最近ではタバコの値段がつり上がったことや草壁編集長から筋力トレーニングをするならタバコはやめた方がいいと教えられたこともあり、吸わなくなった。

それに頭をリフレッシュさせるなら、カフェイン剤を飲むなりエナジードリンクを飲む方が自分には効率がいいと思えた。

タバコを吸わなくなったものの、喫煙所にはよく足を運ぶ。屋上にあることもあり東京の景色を一望できる爽快感は目の癒しにもなるし、この場所に訪れる人たちの会話から情報を得ることだって出来る。

この場所に来たら心が落ち着くと思ったが、一人でこの場所にいるのが空しく、寂しく感じた。

誰かの気配がして、後ろを振り向こうとすると聞き慣れた声が聞こえた。

「……なあ、樽坊」

宏人さんだった。

「宏人さん、会議室の話、聞いていたんですよね」

「盗み聞きするようなことして、すまなかった」

「ジャーナリストとしては当然の行動です。咎めることではないです」

宏人さんの申し訳なさそうな声が、自分の気持ちをより侘しく思わせた。

「驚きますよね。後輩の人間がその昔、日本を騒がせた宗教法人にいたんですもんね。一緒に仕事したり、ご飯連れていってくれたり、お酒飲みに行ったりしてた人間が普通の人と違うような生き方してたんです。宏人さんに世話になってたのに隠してて、すいません。ぶっちゃけ俺のこと、見る目変わりますよね」

中学時代に生徒たちの目の前でシュレディンガーからやってきたことを暴露されたこと、好意を持ちかけていた女子高生に打ち明けた時のことが脳裏に蘇って、自分は不安な気持ちに襲われた。

「そりゃ、びっくりはしたさ……でもさ」

宏人さんは、不安になって下ばかり見ている自分に声をかけてくれた。

「樽坊は樽坊だよ。俺にとって放っておけない後輩で、メシ食いに行ったり、酒飲みあったり、仕事でちょっと言い合いになったり、それでも俺の仕事手伝ってくれたり、お前と一緒にいると楽しいって思える時間があったり、それが変わることは、あるはずねえんだよ」

宏人さんの声は温かく優しく、自分の不安な気持ちを徐々に緩和していってくれた。

「絆ってさ、見えねえじゃん。お前がどんな人間だったとしても、俺はお前が俺の大事な後輩だってことは変わらない。そう思えるから、お前が思っているよりも俺たちの絆って強いんだよ」

「宏人さん……」

「そうだよ。小樽君。君はもっと一緒に過ごしている人間のことを信じるべきだ」

草壁編集長が息を切らしながらやってきた。

「許可は下りたよ。君の記事を週刊インディーテイカーに掲載する。その代わり、この件をもって二世芸能人惨殺事件のこと、才原晄に関する記事は終了すること。それが条件だとさ。全く、会議で上の人間にあんな態度をとったもんだから、今年のボーナスは期待しない方がいいな……」

草壁編集長は肩をすくめながら、笑みを浮かべていた。

「草壁編集長は、どうして俺にそこまでしてくれるんですか？　……偽善なんでしょうか？」

「樽坊！」

自分の悪い癖だ。ふて腐れると相手の心中を読み取って言葉にしてしまう。

宏人さんは咎めようとするが、草壁編集長が止めた。

「君の言う通り、偽善なのかもしれないな。でも結局は偽善も善意も変わらない」

草壁編集長は自分の隣に腰掛けた。

「俺には双子の弟がいてね、弁護士をしていた。でもよくある話で、とある政治家の起こした事故の被害者の弁護をしていたんだが、裏の奴らの手で妻と一緒に命を落としてしまったんだ」

草壁編集長は亡くなった弟のことを思い浮かべているのだろう。涙をこらえていた。

「琥珀ちゃんは弟の娘でね。琥珀ちゃんを俺の手で育て上げると決めた時、もう一つ決めたことがあるんだ。大事にするべき人間がいるのだったら、手を差し伸べようってさ、その人が苦しんでいたり、悩んだりしてたら、俺に出来ることをして後悔しないように生きようってね」

草壁編集長は自分の頭を撫でた。

「小樽君、君は俺たちの大事にするべき人間の一人なんだよ。だから君は一人なんかじゃない」

「……草壁編集長」

さっきまで心を蝕んでいた不安な気持ちがすっかり消えてしまった。心の底からこの人たちと生き甲斐と思える仕事が出来ていることが誇りに思えた。

恥ずかしい気持ちも抱かず、自分はただひたすら涙を流しながら、草壁編集長に頭を撫でられていた。


締め切りも間に合わせ、金曜日は、仕事も定時に終わることが出来た日だった。

自分は草壁編集長に誘われ、レストランへ来ていた。草壁編集長の姪である琥珀ちゃんが商店街のくじ引きでレストランのディナー券を引き当てたのだった。トリオチケットだったそのディナー券で、草壁編集長は琥珀ちゃんと自分を入れた三人で食事をしようと提案したのだった。

自分はあまり着慣れないスタイリッシュなタイプのシャツを着て、ジャケットを羽織っていた。

「ごめんね、小樽君、待たせたかな？」

一旦、家に戻り、学校終わりの琥珀ちゃんと合流した草壁編集長は、いつものようにスーツを着ており、彼の後ろには着慣れていないのだろう、琥珀ちゃんが上下黒のドレスを着て、ハイヒールで歩く様はどことなくぎこちなかった。

ドギマギしている琥珀ちゃんの様子がおかしくて、少しだけ笑ってしまった。

「笑った！　今、この人、笑った！」

　琥珀ちゃんは頬を膨らませると、自分の方を見て、人に慣れていないハムスターのように睨む。

「申し訳ないです。だけど、琥珀ちゃん、堂々としていなよ。せっかく似合っているんだから、勿体ないよ」

「……ふん」

　自分の言葉に琥珀ちゃんはフイと顔を横に向けると、草壁編集長のそばに付きながら、レストランへと入る。自分も中に入ると、フレンチのレストランのスタッフが紳士的な対応で席へと案内してくれた。

　料理はコース料理となっており、前菜、スープ、メインディッシュの肉料理、そしてデザートが運ばれるようになっていた。前菜の野菜と猪肉のテリーヌとオニオンスープを飲んで、普段ではなかなか味わえない料理を堪能した。

「それにしても、珍しいですよね。ペアチケットとかはよく聞きますけど、トリオチケットが当たるなんて初めて聞きました」

　自分がこれもなかなか普段では飲むことのない白ワインを口に含みながら草壁編集長に言う。

「そうだね、女の人や家族などの需要に合うように景品として用意していたんだろう。そういう景品を琥珀ちゃんは引き当てたんだろうね」

　草壁編集長は手を拭きながら言う。

「……本当はペアチケットを狙っていたんだけどね」

　小さな声で呟くと琥珀ちゃんはグビッと、グラスに注がれた林檎ジュースを飲んだ。

　その後はメインディッシュ牛のフィレ肉のステーキの極上の味に舌鼓をうち、赤ワインで人生で味わったことのないような高級感に浸り、デザートのミルフィーユが運ばれるとパティシエ志望の琥珀ちゃんはまじまじと見つめていた。

「ん？　参ったな……本部からの電話か……」

　草壁編集長は携帯電話を手に取ると、席を離れようとする。

「申し訳ない、ちょっと離れるね。小樽君、琥珀ちゃんとしばらく時間を潰してくれ」

「分かりました」

「……口説くのは構わないが、紳士的にな」

「……電話先の相手を待たせないでください」

　自分が言うと、草壁編集長は琥珀ちゃんに申し訳なさげに視線を向けると、外に出ていった。

テーブルには自分と琥珀ちゃんだけになり、少し気まずい雰囲気になる。何か話題を振ろうと口を開きかけた時だった。

「……英二叔父さんね、あなたのこと、よく話すんだ」

「え？」

面白くない話をするように琥珀ちゃんは言う。

「すごく頑張っている人がいるって、若くて、未来があって、そんな人が頑張っている姿を見ると、自分も頑張りたくなるんだって、嬉しそうに話すの。もしも、彼氏を作るんだったら、そういう毎日を頑張って生きている人にするんだよって、英二叔父さん、言うの」

「……はぁ」

ちびちびと林檎ジュースを飲む琥珀ちゃんは視線だけをこちらに向ける。

「あなた、確かにカッコいいけど、私のタイプじゃないから。口説こうとしてるなら、諦めて」

「……えぇ？」

ふんと、大物女優のように言う琥珀ちゃんに、自分は困惑してしまう。別に口説こうとしたつもりはなかったが、出来るなら、彼女には楽しい時間を提供してあげたいと思った。

「琥珀ちゃんは、草壁編集長が大好きなんだね」

「……当たり前じゃん。家族なんだもん」

「あぁ、俺が言っているのは、琥珀ちゃんは草壁編集長のことを異性として好きなんだねってことなんだ」

自分が言うと、琥珀ちゃんは飲んでいた林檎ジュースをブフゥ！　と噴き出した。

「はぁ⁉　い、意味分かんないし！　な、何が言いたいんだか⁉」

「……滅茶苦茶動揺してるじゃん」

オロオロとしている琥珀ちゃんは手を震わせると、ミルフィーユ用のフォークを落としてしまう。

「もう！」

焦っているのだろう、拾い上げようとする琥珀ちゃんを止める。

「な、何よ⁉」

「待っていて」

自分は歩いていたスタッフに手を挙げると、落ちているフォークを指差す。

すぐに意図を理解したスタッフはフォークを拾うと、新しいフォークを琥珀ちゃんに渡してくれた。

「こういうレストランでは、落ちている物を拾うのはマナーが悪いって言われてしまうんだ。落ちた物はスタッフに頼めばいいんだよ」

「……あなた嫌い。どうせ、女にモテるんでしょ」

「モテようとしてないから、ずっと彼女はいないよ」

自分が言うと、琥珀ちゃんは舌を出して、そうですかと言うようにフォークを使ってミルフィーユを切り分けて、一口食べた。

「琥珀ちゃんは、高校を卒業したら、パリに行くんだよね」

「うん、パリのパティシエの専門学校に通うの」

「やっぱり、寂しい？　草壁編集長と会えなくなるのは？」

「……意地悪なこと言わないでよ。寂しいに決まってるじゃん」

琥珀ちゃんは寂しげな表情になった。

「ずっと一緒だったんだよ。そりゃ、仕事をしながら、私を育ててくれたんだもん。一緒にいられなかった時間だってあった。でもね、英二叔父さん、どんな時でも私を大事にしてくれた。そんな人と会えなくなるなんて、寂しくなるに決まってるじゃん」

琥珀ちゃんの手が震えていた。実の両親が死に、娘ではない彼女を育てるのに、どれほどの決意があったのだろう、自分は草壁編集長の人間としての大きさに感銘を受けるしかなかった。

「琥珀ちゃんは立派だよ。琥珀ちゃんは草壁編集長のことを感謝している。草壁編集長は琥珀ちゃんがパティシエになることを楽しみにしてくれている。仕事の時でも、琥珀ちゃんが夢を叶える姿が見たいってよく言うんだ」

自分の言葉に琥珀ちゃんはこちらを見る。

「夢を叶えた姿を草壁編集長に見せてあげてほしい。きっとその瞬間、草壁編集長も、琥珀ちゃんも離れていた時間が報われるくらいに幸せに思えるはずだから」

「……ありがとう。あなた、英二叔父さんのこと、慕ってくれているんだね」

琥珀ちゃんが微笑む姿に、安心をする。

「ああ、草壁編集長はすごい人だ。もしも俺が女だったら、多分草壁編集長に惚れているかもしれない」

自分が言うと、琥珀ちゃんはこの日、一番の笑顔になった。

「すまない、すまない、電話が長引いてしまった。ちゃんと仲良くやってくれていたかい？」

草壁編集長は謝りながら席へと戻ってきた。

「ええ。お互いに話が合いました」

「ほぉ、どんな話をしたんだい？」

「誰が誰のことが好きなのかって話」

琥珀ちゃんが言うと、草壁編集長は自分と琥珀ちゃんを交互に見た。

「誰が、誰のことを好きなんだ？」

草壁編集長が聞くので、自分と琥珀ちゃんは目をあわせて、同じ答えをした。

「さあて、秘密です」

自分と琥珀ちゃんの答えに、草壁編集長は困惑しながら、ミルフィーユを頬張った。

自分は草壁編集長と琥珀ちゃんの絆を羨ましく思いながら、二人が幸せになる時間が続くといいなと思ったのだった。


「本日は素晴らしき土曜日の夜！　楽しく飲んでいきましょう！　乾杯！」

宏人さんの音頭でそれぞれ集まった男女がグラスを合わせて、「カンパーイ！」と喉に飲み物を流し込む。

土曜日のこの日は、宏人さんの誘いで庄司さんと自分を含めた三人の男グループと宏人さんの知り合いの三人の女性で合コンが開かれた。

ＯＬ、ゼネコンで働いている女性、ネイルアーティストの彼女たちはとても元気があって笑顔も絶えなかった。会話も面白くて楽しい時間だった。

「今日は樽坊が来てくれて嬉しいぜ！　お前が来てくれると合コンらしくなって、いいんだよな」

「え？　なんでですか？」

「かー！　こいつは！　自分じゃ分からねえもんだよな！　お前ハンサムな人間だからよ、こいつが来ますよ、って知らせたら女性の方々は大喜びで来てくれるんだよ！べらぼうめ！」

宏人さんは顔を赤くしながら肩に手を回す。

「庄司さんも今日は来てくれてありがとうございます！　ライブ行きますよ！」

「へー？　庄司さんってバンドマンなんですか？」

ゼネコン勤務の明日香さんが興味を示した。

「ギターを担当しているんですよ。バンド名は〝ダンドリーボーイズ〟です。ひとつよしなに」

「でも働きながらなんでしょ？　正社員？」

ＯＬの美菜さんが聞くと、庄司さんは一瞬目をそらしてしまう。

「一応、契約社員……」

「あー、私正社員じゃない人、嫌だー。安定した職業の人、希望ー」

美菜さんが冗談気味に言うと、庄司さんは悔しい表情を浮かべる。

「チクショウ！　男が夢を追いかけて何が悪いんだ！　ライブ成功させて絶対メジャーデビューしてやる！」

「……俺は応援してますよ。庄司さん」

庄司さんが一気にコーラハイボールをゴブゴブと音をたてながら飲んでしまい、ふらふらになってしまう。一方で宏人さんは自分の腕を揉む。

「こいつ、いい筋肉してるでしょう？　胸の筋肉も良し、足だって鍛えていますし、ケツの筋肉も締まってますぜ。おまけにフェイスの方だって二枚目の文句なし！　お買い得でしょう！」

「もー、宏人さんは……」

宏人さんはどうしても酒に酔うと男絡みが増してしまう。宏人さんと二人で飲みあう時は自分も酒に酔って、男同士ならではの下品な会話や愚痴の言い合いをするのだが、女性がいる前ではモラルを守るために酔っ払わないようにしている。

最初のレモンチューハイを飲んでからはずっとジンジャーエールを飲みながら、夢を熱弁する庄司さんとベタベタと自分のことを褒めてばっかりの宏人さんの介抱をして、場を和ませていた。

「ちょっとトイレに行ってきます。宏人さん、庄司さん、女性の人に変なことしちゃ駄目ですよ」

場を離れてトイレに行き用を済ませると誰かに手を握られた。手を握っていたのはネイルアーティストをしている実雪さんだった。

「えっと、実雪さん？　どうしたんですか？」

実雪さんは妖艶な笑みを見せると自分の唇に唇を合わせた。舌をねじ込み入れられ、突然の出来事に彼女のされるがままになっていた。

「エヘへ、私、小樽君に惚れちゃった」

実雪さんはそう言うともう一度首に手を回して、深いキスを繰り返した。自分の身体が熱くなっているのが感じられた。

「私、もう小樽君としたくて濡れちゃってるの。ねえねえ、抜け出しちゃお？」

「ええと……」

自分が思い悩んでいると再び実雪さんは首筋に触れながら、キスをしようとした。

その時、ポケットの中の携帯電話が鳴った。慌てながら画面を見もせずに携帯電話を耳に当てた。

「もしもし？」

「突然の電話ごめんなさい、桜野有希です」

「桜野院長ですか？」

少しハスキーがかった声のトーンで桜野院長だとすぐに分かった。

ただ電話越しからでも、彼女が疲れている様子が分かったのが気になった。

「……織江ちゃんの記憶が戻ったわ」

「……それは本当ですか？」

「本当よ。それに……」

桜野院長の声は悩んでいる様子だった。

「彼女……死にたがっているわ……眠っていた強い薬物反応が出て、自分を傷つけようとしているの。今まで何人も心を病んだ人間を見てきたけど、あそこまでの人は私も初めてだわ」

自分が織江さんのために出来ることはなんだろうと思った時、すぐに会わなければいけないと思った。

「すぐに向かいます。それまで織江さんをよろしくお願いします」

「え？　小樽さん？」

桜野院長の驚いた声が聞こえた気がしたが、すぐに電話を切った。待ちぼうけを食らっていた実雪さんには申し訳なかったが、鞄を持って駆け足で店を離れた。


東京から新幹線に乗り、新神戸まで向かうとタクシーを捕まえて、淡路島のグリーンハープ病院へと辿り着いた。新幹線の運賃はともかく、新神戸から淡路島までのタクシー代はとんでもなく高かったが、そんなことを気にする余裕がないほど一刻も早く織江さんの様子を見なければいけないと思ったのだ。

グリーンハープ病院の玄関扉の前で、閉まっている扉を何度も叩いた。

「誰か！　開けてください！」

自分でも常識外れなことをしているのは理解しているつもりだったが、なりふり構っていられなかった。

すると、すぐに首に包帯を巻いた桜野院長が驚いた表情でやってきた。

「小樽さん……まさか、本当に来るなんて……」

「織江さんは、今はどうしていますか？」

「本当は医療行為として正しくはないんだけど、鎮静剤を打たせて落ち着かせているわ。それでも本当に付け焼き刃程度にしかならないでしょうね……」

「会わせてください。彼女は今のままでは壊れてしまう」

自分が言うと、桜野院長は目を伏せながら頷いた。

「医療従事者として失格かもしれないわね、一般人のあなたにしか頼ることが出来ないなんて」

「桜野院長、その首は？」

歩きながら桜野院長は首をさすった。

「暴れん坊な彼女を止めようとしたら、引っ掻かれちゃって」

美しい肌に傷がついたことを、気になった自分に桜野院長は微笑んだ。

「こんな傷、彼女が背負った傷に比べればなんてことはないわよ」

そう言う彼女を見て、この人は強い人だと思った。

「さあ、着いたわよ。いつ暴走してしまうか分からないから、気をつけるのよ」

織江さんの病室に着くと彼女の身を案じている他の患者たちも集まっていた。この間、絵本を読み聞かせてもらっていた少年と少女の姿もあった。

桜野院長は心配ないからと声をかけると、患者たちを寝かせるためにそれぞれの病室へと連れていった。

自分はノックをすると、織江さんがいる病室へ入った。

「織江さん……友永小樽です」

「……小樽さんですか？」

織江さんはベッドの上でうずくまって泣いていた。身体に爪を立てながら衣服の上から掴んでいた。

「小樽さん……私ね……小説、書き上げたんですよ」

「……小説ですか？」

「ハッピーエンドで物語を書いて、こんな幸せな物語があればいいなって……私の人生も幸せな人生になるのかなって……この小説のお姫様みたいに希望に満ちた生き方が出来るかなって思って……記憶を失う以前の私は、幸せだったのかなって思って……思い出そうとしたら……思い出しちゃった……」

うずくまっている彼女は頭を抱えながら、まるで何も見たくない様子だった。

「思い出さなきゃよかった！　私はちっぽけで弱くて、なんの力もなくてゴミみたいな生き方しか出来ない人間だった！　私なんか死んでも誰も困らない！」

「そんなことない。織江さん、そんなこと、言わないでくれ」

彼女は髪と手の間から一瞬、こっちを見るがまた目を伏せてしまう。

「あなたに分かるかな……？　お父さんもお母さんも首を吊って死んで、ひとりぼっちになってどう生きていけばいいか分からなくなって、身体を使って生きるしか方法がなくて……結局薬漬けの身体になって……頭が割れそうで、胸が苦しいの……死にたい、死んで、お父さんとお母さんに会いたい……死なせてよ……！」

彼女は首に爪を深く立てる。爪先を首の肌に血が滲まんばかりに突き立てた。

「織江さん、ダメだ。そんなことしちゃいけない」

自分は彼女の手を掴み、傷つけようとする行為を止める。

「……小樽さん、あなたはどうしたいんですか？　私に優しくして、何がしたいんですか？」

「……俺は」

言葉に詰まると、彼女は弱い笑みを見せた。

「あなたも一緒なんでしょ？　結局は見返りが欲しいんだよね？　私の身体が目的なのかしら……？　なんだったら一日中、あなたのブツをしゃぶってあげましょうか……？　いいよ。小樽さんだったら喜んでしてあげる……」

笑みを見せた彼女は自分に寄り添い、ズボンのベルトに手をかけて、チャックを開けようとする。

「やめるんだ。織江さん……！」

どうすればいいかなんて分かるはずがなかった。とにかく自暴自棄になっている彼女を見るのが辛くなり、彼女を抱きしめた。

「どうしてなんだろうな……？　どうして君は何も悪くないのに、君が辛い目に遭わないといけなかったんだろうな……！」

「……小樽さん？」

彼女は突然の自分の行動に驚いたのだろう、目を丸くしていた。

「死にたいなんて言わないでくれ、君に生きていてほしいと願っている人はたくさんいるんだよ。君は無力なんかじゃない。君には君にしか出来ない素晴らしいことだってあるんだ」

「私に出来ることなんて、何もないよ……」

「そんなことないよ。君の書いた物語は、きっと君に生きていてほしいと願っている人の心を救ってくれる」

ベッドのそばに落ちていた破れたノートを拾い上げる。物語を書き上げ、記憶が戻った時、衝動で破いてしまったのだろう。

「織江さん」

もう一度、彼女を抱きしめた。不思議と自分の気持ちも安心できるような気がした。

「君を不安にする悪い奴らは、もうこの世にはいない。君は自由で、幸せに生きる権利があるんだ。俺は大した人間でもないし、褒められるような生き方をしている人間じゃない。だけど、俺を信じてほしい」

彼女の潤んだ瞳からは涙が零《こぼ》れていた。彼女の幸せを願うと自分もこらえきれず、涙が溢れた。

「きっと生きているって素晴らしいことだよ。君と会った日はとても楽しいよ。君の笑った顔は本当に美しいんだから。そして君と俺に、大切なことを教えてくれた人に恥ずかしくないように、一生懸命生きよう」

「ああ……あああ……！　うわあああん！」

織江さんは大きな声を上げて泣き出した。

「そうだよ。君は死にたいんじゃない。泣きたいんだ。だったら泣いていいんだ。笑いたい時は笑えばいいんだ。君が死にたいって思っていると、俺も、晄も、悲しくなる。辛くなる。君には幸せに生きていてほしいんだ」

織江さんが泣き続けて、心が落ち着き寝静まるのを見届けると、自分は病室を離れた。

「あなた、長生きは出来ないタイプの人間ね」

「……きっと桜野院長も同じでしょう」

　グリーンハーブ病院の玄関には桜野院長がいた。

「織江さんを、どうかお願いします」

「薬物中毒を克服するには時間がかかるわ、彼女は耐えることが出来るかしら？」

「彼女は強い人間です。俺は信じていますよ」

　桜野院長は微笑んで、スポーツカーに鍵をさした。

「新神戸まで送っていってあげる。東京まで送ってあげたいけど、流石にキツいわ」

「心遣い感謝します」

　桜野院長の運転で淡路島を離れていった。夜が明けようとしている車の窓から見える明石海峡大橋の上で、織江さんが幸せな笑顔を取り戻せることを祈った。

　始発の新幹線に乗り新神戸から東京へ着き、タクシーで市ヶ谷のマンションへと戻った。

　新幹線の中で短い仮眠をとってはいたが、睡魔は襲ってくる。テーブルの上に破れてしまっている小説をばらまくように置く。

「さあて、やるか」

新神戸駅のコンビニで買ったセロハンテープを取り出すと、一枚一枚文字を合わせるように貼っていく。

以前に受け取っていたストーリーの部分はしっかりと記憶していたこともあり、数時間で終えることが出来たのだが、織江さんが書き上げたハッピーエンドのストーリーの部分は新しい展開になっていて、文字の隅々まで目をこらして集中して作業をする必要があったので十二時間くらい経ってしまった。

コンビニで買った栄養ゼリーで空腹を凌ぎながら、目の前のノートの切れ端をセロハンテープで付ける作業に没頭しているうちに、時間の流れを忘れてしまい時計の針を見るとすでに日が変わっている状況だった。睡魔はもう限界まで来ている。

「……空手やっていた人間の根性舐めるなよ。この野郎……！」

冷蔵庫からエナジードリンクを取り出し、毎度服用しているカフェイン剤を五粒手に置く。

一粒二〇〇ミリグラムのカフェインが含まれている錠剤は一日に最大でも二粒と限度が決められている。しかし一〇〇〇ミリグラムのカフェインを一気に体内に取り入れようとしているのだ。

しかもオマケと言わんばかりにカフェインを大量に含んでいるエナジードリンクも飲もうとしている。

「ジャーナリスト魂、見せてやるよ……！」

覚悟を決めて五粒のカフェイン剤を口に含み、エナジードリンクで流し込んだ。喉に甘味料の独特の匂いとカフェイン剤の固体が通っていった。

一瞬、目を閉じて集中力を高めることをイメージすると目を開き、パソコンの画面に集中する。そして先ほど貼っていった織江さんの小説の校正作業に取りかかった。

「待ってろよ……晄、織江さんの作った最高の物語を見せてやるからな……！」

相変わらず眠気の感覚はあるものの、脳内からエンドルフィンが分泌されているのだろう。集中力は途切れることなく、キーボードを打ち込む手は止まらなかった。彼女の書いた物語の誤字脱字、編集した方が良い箇所などを訂正していく。

睡魔に対して反抗するように編集作業をしている脳内の興奮は冷めることがなかった。

身体に毒になることは百も承知ではあるのだが、すぐにでも彼女が書き上げた物語を晄に見せたかったのだ。太陽の光が差し込んだので朝が来たのかと目を窓に向けると、太陽の下を数羽の鳩が飛んでいた。

「やったぜ……完成させてやったよ」

体力も気力も使い果たし、織江さんの書き上げた小説の校正作業を終えた。自室に用意してあるコピー機で印刷を済まし、読みやすい原稿としてまとめた。

「それにしても……良い物語だ……本当に素晴らしい物語だ……きっと……晄も喜んでくれる……織江さん、頑張ったんだなぁ……」

達成感からか、集中力は抜け落ちるようになくなってしまった。

「ああ……仕事に行く時間になってる……朝ご飯は、いいかな……服着替えた方がいいよな……？　着替えなくちゃ……」

椅子から立ち上がろうと足に力を入れるが、ぐらっと崩れ落ちるように床に倒れてしまう。

「へへ……おかしいな……仕事行かなくちゃいけないのに……力が入んねえや……服、着替えないといけないのにな……着替えるの、面倒だな……」

瞼《まぶた》が落ちていくのを抵抗しようとするが、鉛のように重くなってしまった瞼に抗うことは出来ず、意識が途切れるように眠りに落ちてしまった。

ガコン！　と物音がして、床が振動し続ける気配によって目覚めた。口から出ている涎《よだれ》を拭き取り時計を確認すると、すでに十一時になっていた。

急いで振動している発信源の携帯電話を取る。宏人さんからの着信だった。

「もしもし！　宏人さんですか⁉」

「おうおうおう、樽坊、やっと出たか？」

宏人さんは携帯越しからでも分かる大きな溜め息を吐いた。

「お前、三回は電話したんだぞ？　それでも出ないもんだから、この電話に出なかったら、もしかしたらって思って警察とかに連絡しようと思っていたんだよ」

「ご迷惑をおかけしました……すいません」

宏人さんは自分の安否を確認することが出来て安心した様子だったが、厳しい口調は止めなかった。

「いいか、お前も後輩が出来ている人間なんだ、しっかりと仕事が出来ているお前が連絡もせずに職場に来なかったらどうなる？　全員が心配して、全員が不安になるんだ。絶対に忘れるんじゃねえぞ」

「本当にすいませんでした……」

急いで編集部に向かおうと服を着替えていたが、携帯越しに宏人さんが優しく笑った。

「とはいえ、今日は草壁編集長も有給休暇とっていてな、なんでも琥珀ちゃんが高熱で寝込んでいて、その看病をしているんだとよ。だからお前も無理して急いで来る必要はないよ」

宏人さんは気遣ってくれたが、無遅刻無欠席の記録が途絶えてしまった悔しさは否めない。

「すぐに向かいます。企画書の作成とかしないといけないんで」

「まあ、実は俺も樽坊に手伝ってほしいところとかあって、来てほしいのは変わりないんだけどな。でも慌てて来る必要はないからな。今、騒がしくなっているのは営業部の方だけだよ」

宏人さんの言った言葉が気がかりになった。

「どういうことですか？　何があったんですか？」

宏人さんに質問をすると、宏人さんは「ん？」と聞き返した。

「あれ？　樽坊、お前ニュース見てなかったのか？」

「ニュースですか？」

テレビは消しており、昨日今日起こった出来事の情報は遮断されている状態だった。

「今朝、ニュース報道で流れていたんだよ。才原晄の死刑が確定したって」

宏人さんの言葉に頭は真っ白になってしまう。

「今週発売の週刊インディーテイカーはお前が書いた記事の集大成だからさ、才原暁のことが書かれた今週号は売れ行きがすごいことになるからって、営業部は増刷と本屋からの発注でてんやわんやなんだよ。まあ、いつも偉そうにしているあいつらが大慌ての中、飲むお茶は格別に美味いけどな」

「……宏人さん！　すいません！　今日、俺も休みます！」

宏人さんの「え？　樽坊？」と聞き返す声が聞こえたが、自分はすぐに織江さんが書き上げ、編集も済ました小説を鞄に詰め込むと部屋を飛び出した。

向かう場所は編集部ではなく、暁がいる拘置所だ。

急いでセルシオに乗って向かおうとしたが踏みとどまった。冷静になっていない今の状況での車の運転は危険である。同じように慌てて運転して事故を起こし、悲惨な末路を辿った著名な人間を何人も知っている。

もどかしい気持ちを抱えながら、タクシーを見つけると暁が収監されている拘置所へと向かった。

「……早く着いてくれ……早く……！」

祈るように足を揺すっても逸る気持ちを抑えることが出来なかった。とにかく早く彼女の書き上げた物語を晄に読んでもらわなければいけなかった。

それが晄と交わした約束だったからだ。

三十分ぐらい時間が経ち、ようやくタクシーは拘置所へ着いた。急いでタクシーの料金を支払うと走って拘置所の受付へと向かった。

「晄！　才原晄との面会をお願いします！」

受付に座る職員は困惑した表情を浮かべた。取り急ぎ確認のために受話器を持ち話をするが、首を振る。

「才原晄は今朝、死刑判決が出ましたので肉親の人間以外の面会は、許可することが出来ません」

「頼む！　渡したい物があるんだ！　伝えないといけないことがあるんだ！」

必死に懇願をするが受付の職員はひたすらに「困ります……」と首を振るだけだった。

「おい！　君！　いい加減に出ていってもらえないかな？」

警備員が腕を掴む。

「離せよ！　晄と会わせてくれ！」

「こいつ！」

警備員は無理矢理身体を押さえつけると、持っていた鞄を取り上げる。

「念のためだ。中身を確認しろ」

集まった警備員の一人に鞄を開けさせ、中身を床に落としていく。

「なんですか？　これ？」

ケラケラと乾いた笑い声を出す警備員は、織江さんの書き上げた小説を手に取る。

「ゴミじゃねえの？　捨てちまえよ」

もう一人の警備員の言葉に怒りを覚えた。

「もういっぺん言ってみろよ……」

「あ？」

「さっき言った言葉、もう一回言ってみろ！　絶対に許さねえ！」

押さえられた身体に力を込めてもがきながら、さっきの警備員を睨んだ。

「その小説は晄のための物語なんだ！　あいつが希望を与えた大切な人が、一生懸命書き上げた物語なんだ！　それをゴミだと⁉　捨てるだと⁉　ふざけるな！」

「なんだ？　こいつ……頭おかしくなってるんじゃねえの？」

警備員は顔を引きつらせていた。抵抗しようとする自分の頭を押さえつけると地面にこすりつける。

「せめて……暁、才原暁にこの小説を渡してあげてください……あいつに、この物語を読ませてあげてください……頼む！　この通りです！」

床に頭をこすりつけて土下座をしながら懇願した。約束のためならプライドなんか捨ててやる。そんな気持ちだった。

「こいつ、いい歳して土下座してやがるぜ、だっせー」

「こんな人間にはなりたくねえな」

警備員たちの薄ら笑う声が聞こえるが、そんなことはどうでもよかった。願いを聞き入れてもらえるならどんなことだって厭わない。

「……面会は許可することは出来ません、ただ」

小説を手に取ったのは、自分と暁の面会に何度も居合わせていた拘置所の職員だった。

「書類の差し入れは認めましょう」

「……ありがとうございます。本当にありがとうございます……」

拘置所で問題を起こしてしまった自分についてリトルライト社に連絡が行き渡ると、すぐに自宅での待機命令が下された。

宏人さんにも草壁編集長にも職場の人にも迷惑をかけてしまったことは申し訳なかったが、ただ暁が最後の願いである織江さんの書き上げた物語を読むことが出来れば自分は報われる思いだった。

文学青年は死刑になった

半年が過ぎた。時間は夜の九時。テレビには今日の出来事を振り返るニュースが流れている。

「今日起こったニュースランキング、一位は二世芸能人惨殺事件の犯人である才原晄の死刑が執行されました」

ニュースキャスターは淡々と読み上げていく。

「才原晄は死刑になる直前に、『最後まで自分に幸せな時間を届けてくれた人、そして幸せな物語を自分に残してくれた人へ。自分は幸せに死ぬことが出来て嬉しく思います。僕に幸せをくれた人にありがとうと伝えたい』と言い残したそうです」

ニュースキャスターから意見を求められたコメンテーターは不機嫌な表情になる。

「結局、最後は許しを乞いたかったんでしょう。善人のふりをして罪を許してほしかったんじゃないですか？　あんな残忍な事件を起こした人間ですよ。地獄に落ちてしまえばいいんです。本当に被害者の遺族が可哀想ですよ。被害を受けて亡くなった方々には心からお悔やみ申し上げます」

コメンテーターが満足そうな表情になって、ニュース番組は天気予報のコーナーに入った。

リモコンを手に取りテレビの画面を消して、ウイスキーを一気に口の中に流し込んだ。

「……なあ、暁、織江さんの書いた小説、本当に素晴らしい物語だったよな……?」

自分はもうこの世にはいない暁がまるで後ろにいるように思いながら、語りかけた。

「俺はさ、最後の展開に本当に感動出来たんだよ。お姫様は最後まで頑張って城を築くことが出来た。でも愛していた建築家の男が闘人族の呪いで石の姿になって、ひとりぼっちになってしまったんだ。でも聖なる地で城を築くことによって神様に願いを聞いてもらうんだよ」

ウイスキーを喉に流す。喉が焼け付くように痛むが、今はこの酔いに頼っていたかった。

「神様は薄情でな……もう建築家の男の命はなくなりかけているから、どうしようもない、会いたいのならばこの場所から身を投げて、天の国で一緒に暮らしなさいって言うんだ」

暁は物語をどう読み取っていたのか、そんなことを考えながら泣きながら一人で喋り続ける。

「身を投げようとしたお姫様だけど、呼び止める声が聞こえるんだよ。死んではダメだ、諦めないでって」

織江さんが作り上げたハッピーエンドのストーリーを思い出す。

「城作りで出会った小さな妖精たちや獣人たち、ブリキの一族たちがお姫様の元にやってくるんだ。彼らは城作りのために必要な資材を集める時に出会ったんだ。彼らの困っていることを解決したので資材をもらうことが出来て、困ったことがあれば助けに行くよって言ってくれた彼らはお姫様を助けに来たんだ」

ウイスキーを飲もうとしたがすでに中身は空だった。空のボトルを床に転がす。

「彼らはお姫様のために大切にしていた奇跡の神器を建築家の男に差し出すんだ。そして祈りを込めるんだ。お姫様の笑顔のために闘人族の呪いを打ち消すんだ」

お姫様の笑顔が戻った瞬間を想像して、自分も微笑む。

「そして建築家にかけられた呪いは消え、お姫様と建築家の男は再会する。妖精たちや獣人たち、ブリキの一族も笑顔で彼らを祝福した。そして幸せに溢れる国を作っていきましょうとみんなで決めるんだ。そして幸せに生きていく彼らの姿で物語は終わるんだ」

晄はこの物語を読んでどう思ったのか、どう感じたのか、それを何よりも聞きたかった。

「織江さんはきっと、幸せな物語にするために、そして読んでくれる誰かの心が幸せになってくれるように、この物語を書き上げたんだと思うんだよ。そして幸せに生きていってくれることを願っていたんだと思う」

晄との思い出が蘇り、こらえきれずに涙が流れる。

「俺はさ……晄に生きていてほしかったよ……晄のおかげで、本を読む面白さだって知ることが出来て……今だってそのおかげで充実した仕事に就くことだって出来たんだ……」

なぜ晄が死刑にならないといけなかったのか、それすら理不尽なことのように思える。

「もし、もっと早く俺たちが再会出来ていたらどうなっていたんだろうな……？　また本を読み合ってさ、感想を言ってさ、どう思ったとかさ……言えたりしたのかな……？」

振り返れば暁の姿が見えるのではと思い、振り返るが当然、そこには誰もいない。

「暁……もう一度、会いたいよ……暁……！」

床に涙を溜めながら泣き続けていると携帯電話が鳴った。着信はアメイジンググレイス社企画部の藤村さんだった。

「あ、もしもし、小樽君？　ごめんね、こんな夜中に電話しちゃって」

フランクな口調の藤村さんの声に、なんとか落ち着いた様子を装う。

「藤村さん？　どうしたんですか？」

「この前、小樽君が紹介して、提出してくれた小説あったじゃない？　ほら書いた人が南織江さんだっけ？　その人が書いた小説なんだけどね……」

藤村さんの言葉に自分はそんなこともしたなと思い出した。自宅謹慎処分が終わった時、織江さんが完成させた小説を読んでもらおうと藤村さんに提出していたのだ。

藤村さんは少し興奮している様子だった。

「企画部のみんなも、編集部のみんなも、是非とも小説として出版したいって会議で決めたの！　この素晴らしい小説はきっとみんなの心を射止めることが出来るはずだって！　どうかしら？」

きっとそれは暁が願っていたことだっただろう。織江さんの人生が素晴らしいものになること、彼女が希望を持って生きていけることを晄は願っていた。それは自分も心から願っていることだった。

彼女の書き上げた物語は自分と晄の心を救ってくれていたのだった。

後日、自分はビターローズに足を運び、織江さんが書き上げた小説である『お姫様の作る幸せなお城』とタイトルがつけられた小説を出版することを谷崎オーナーに伝えた。

「そういえば出版費用ってどうなっているんだ？　アメイジンググレイスって自費出版がメインなんだろ？」

彼もなんだかんだで週刊インディーテイカーの読者になってくれているようで、尚且つ、晄の影響もあったのか小説を読むことが趣味になっていた。

アメイジンググレイス社から出版される小説などもチェックしており、織江さんの本を出版しようと思っていることを伝えるとかなり喜んでいた。

「彼女の作品を紹介したのは自分なんで、俺が負担しようと思います」

そう言うと谷崎オーナーは首を振った。

「ダメだ。あんただけにかっこつけさせはしねえ。俺のけじめだ。俺が負担する」

「けっこうな額ですよ?」

「かまわんさ。織江ちゃんに幸せになってほしいのは俺だって願っていることだ。あの子は足を洗って自由になるべきなんだ」

彼女が自由になることが出来たのは決して自分だけの力ではなかった。彼の協力があったからこそエックス・デフィションの悪行を暴くことが出来、事件の真実だって知らしめることが出来た。彼女の幸せを願う人は確かに多くいたのだった。

織江さんの幸せを願っていた人がもう一人いた。グリーンハープ病院リハビリテーションセンターの桜野院長だ。彼女も織江さんの小説が出版されることを喜んでくれていた。

自分が織江さん本人に小説の出版を知らせようと、淡路島にセルシオで向かい、グリーンハープ病院で彼女に会おうとした。

しかし彼女はグリーンハープ病院にはいなかった。

「一足遅かったわね。織江ちゃんはね、先日薬物症状を克服するために、オランダの医療センターに入院することになったのよ」

桜野院長はかつて、織江さんがいた病室を見ながら言った。

「医療レベルは高くて、日本人のスタッフもいるから、安心していいわ。それにね、彼女、変わったわよ」

「変わった？」

自分が聞き返すと、桜野院長は開いた窓から吹いてくる風を浴びながら微笑んだ。

「夢を見つけたの。誰もが喜んでくれる小説を書き続けたいって。読んでくれる人の気持ちを温かく出来るような作品が書けるようになっていきたいってね。その時の彼女の表情ったら、本当に美しかったわ。夢や目標に向かって生きていこうとする人ってね、いつでもカッコよくて素敵なのよ」

治療の期間は短く見積もっても二年は掛かるそうだ。桜野院長は織江さんの小説が出版されたらすぐに買って読むと言ってくれた。

「ちなみに、オランダにいる織江さんの医療費は、誰が支払っているんですか？」

「……さぁ？　誰かが払ってくれているんでしょうね」

桜野院長は自分の聞いた質問に目を逸らしながら言う。

「カッコいいのは桜野院長もですよ。安くもない治療費を払い続けられるのは、あなた以外にいないでしょうに」

「大きなお世話よ」

桜野院長は恥ずかしくなったのか、顔を赤らめると、去っていった。自分は、日本に戻ってきた織江さんが夢を叶える姿を思い描きながら、淡路島を後にして東京へ戻るのだった。


週明けの月曜日、この日の週刊インディーテイカー編集部には、いつもと違う雰囲気があった。

緊張した面持ちで、自分と同じ二十二歳ぐらいの男性が三人立っていた。

「彼らが新卒で入った人たちですか？」

自分は横のデスクにいる宏人さんに聞く。

「ああ。さてさて、何人が生き残るかね」

宏人さんはペンを鼻と口で挟みながら、新入社員を吟味するように見つめていた。

「小樽君、ちょっといいかな？」

草壁編集長が編集部に顔を出すと、自分を手招きした。

「どうしたんですか？」

自分が聞くと、草壁編集長はニヤニヤとしながら自分を見ている。直感でこの時の草壁編集長は、体育会系出身の人間特有の意地悪なことを考えているのが分かった。

「週刊インディーテイカー編集部の代表として、新入社員に歓迎の言葉を言ってほしいんだ」

草壁編集長の言葉に自分は、そうきたか……と息を吐く。

「宏人さんじゃ、ダメなんですか？　去年は宏人さんがその役割だったじゃないですか」

「……去年の宏人君の歓迎の言葉を忘れたわけじゃないだろう？」

草壁編集長に思い出してみろと言われて、思い出した。

「とにかく辞めるな！　以上！」

二人ほどの新入社員の前に立ち、歓迎の言葉を短く言った宏人さんの姿を思い出す。

新入社員は厳しい職場環境に耐えられず、三か月ほどで二人とも退社してしまった。

「小樽君に任せてみたいと思う。俺は彼らが本部に入社する時に、いろいろと説明しているから、ここで、歓迎の挨拶をするのはちょっと違うだろ？　現場で、第一線で頑張っている君の歓迎の言葉を彼らに聞かせてやってほしい」

「とはいえ、突撃的すぎませんか？」

「突撃取材、突撃リポートは週刊インディーテイカーの特徴だろ？　さあ、行こう」

草壁編集長は肩に手を回すと、週刊インディーテイカー編集部に入る。

「新入社員の君たちに、社員を代表して、友永小樽君から歓迎の言葉をいただきたいと思う」

草壁編集長は自分を新入社員に紹介する。宏人さんは「よっ！」と期待するような声を出して拍手をする。

「……週刊インディーテイカー編集部の友永小樽です。まずは一言、ようこそリトルライト社週刊インディーテイカー編集部へ」

自分が言うと、新入社員の三人は表情を固まらせたままだった。

「そうだな、何から語ろうか……ちょっと、俺のことを軽く話そうかな」

彼らをリラックスさせようと思い、敢えて、仕事とは関係のない話をしようと思った。

「俺は高校生の時は教師を目指していた。文学が好きだった友達の影響で国語教師になろうと思っていた。空手部だったから体育教師になろうかとも思った」

過去のことを思い出しながら言う。新入社員の三人は少しだけだが表情を柔らかくさせていた。

「でも、なれなかった。簡単な話だ。大学に進学しなかったから。大学に行く勇気がなかったんだ」

少しだけ自分で笑うと、情けなく思ってしまった。

「君たちの目の前でいっちょ前に話をしている俺はいわゆる夢を叶えることの出来なかった人間だ。君たちもきっと子どもの頃や学生の頃、何かに憧れて、夢を叶えようとしていたはずだ。一人ずつ聞きたいんだけど、夢はなんだった？」

自分は一人目に聞く。

「私は弁護士を目指していました」

「弁護士か。司法試験は努力をしただけでは突破できないくらい難しいんだよな。君は？」

次は二人目の新入社員に聞く。

「……俺は総合格闘技の選手に憧れていました」

「耳が潰れているな。柔道をやっていたのか？」

「レスリングです。でも、半月板と首を怪我してしまって、格闘技の選手の夢は諦めました」

「そうか。君は？」

三人目の新入社員に聞く。

「僕は漫画家を目指していました」

「漫画か。俺はこち亀とか、ブラック・ジャックとかが好きだ」

自分が言うと、三人目の新入社員は相づちを打つように頷く。

「みんなはもう面識はあると思うけど、週刊インディーテイカー編集部の草壁編集長は昔は刑事に憧れて警察官をしていた。だけど、警察時代に政治家の家族を誤認逮捕したとして、処分を受けて、退職せざるをえなくなった。ちなみに誤認逮捕された政治家の息子はその時、飲酒運転をしていて、しかも、裏世界の人の手引きで人を殺すような碌《ろく》でもない人間だった。後に無期懲役になったけどね」

話を振られて、草壁編集長は眉を顰《ひそ》めていた。

「俺の先輩で、俺に仕事を教えてくれた鈴木宏人さんだ。彼は大学時代は銀行員になろうと、就職浪人をしてまで狙っていたが、撃沈。大学を卒業してからは、大学時代からアルバイトをしていたここで働いて、そこから正社員になった」

宏人さんを紹介すると、宏人さんは口を尖らせた。

「……お前、そのことは秘密にしておけって言っただろ……」

宏人さんに憎まれ口を言われながら、新入社員を見る。

「他の雑誌や、週刊インディーテイカーを良く思わないメディアは、世間を嫉妬している人間が書いている俗物雑誌だとか、負け犬の妄想雑誌だとか評価するところもある。俺だって、声優のスキャンダルを書いた後に、その声優のファンに生卵をぶつけられたことがある」

自分はこの辺にぶつけられたと、側頭部を新入社員に見せる。彼らは顔を引きつらせていた。

「世間は厳しいよな。現実って辛いよな。みんな、思い通りに生きていくことが出来るわけじゃないよな。寂しい夜は俺は負け犬なんだろうかって思う時もあるよな」

自分の言葉に三人の新入社員は思うところがあったのか、視線を俯かせた。

「そんなことはどうでもいいんだ！　負け犬だ⁉　夢に破れた⁉　それがなんだってんだ！」

新入社員の三人は突然の自分の言葉に顔を上げた。

「草壁編集長はな、フリーの戦場ジャーナリストになって、世界中を回っていた。テレビで取り上げられたこともある。でも、姪っ子の琥珀ちゃんをしっかりと育てるために週刊インディーテイカー編集部で働くことを決めた！　そして姪っ子の琥珀ちゃんのパティシエになる夢を支えた！　宏人さんはこの世界の右も左も分からない俺に仕事を一生懸命教えてくれた！　俺は知っているぞ。一緒に酒を飲んだら世界で一番面白いのはこの人だ！」

草壁編集長も、宏人さんも頭を掻いて、笑っていた。

「困ることがあるだろう、辛くなることもあるだろう。金に困ったら草壁編集長に相談したら良い。飯が食いたいんだったら宏人さんに相談したら良い。仕事が辛くなって辞めたくなったら俺に相談したら良い。俺たちは同じ場所で働く仲間だ。俺も、君も、君だって、君もそうだ。それに草壁編集長だって、宏人さんだって、一人では世間の荒波に呑まれるくらい弱いさ。でもな、俺たち、そう、俺じゃない、俺たちは、週刊インディーテイカー編集部は強いんだ！　俺たちは強いんだ！」

改めて三人の新入社員を見る。彼らも自分の気持ちに応えて見てくれている。

「もう一度言うぞ！　ようこそ週刊インディーテイカー編集部へ！　強き、若い仲間たちよ！」

自分はテンションに任せて三人の新入社員を抱きしめた。三人とも熱い気持ちが伝わったのか強い力で抱きしめ返してくれた。

生きているのが楽しい。辛く思う時があるけど、それでも楽しい。自分は生きて、毎日を走っていく気持ちになって、未来が希望に溢れてくる予感に包まれていた。

晄の死刑執行から二年が過ぎると、世間は二世芸能人惨殺事件の出来事は忘れ去られたかのようだった。しかし被害を受け亡くなった遺族である岩丸大和、波多野洋平、浦神千香がそれぞれ大麻所持で逮捕されたり、不倫相手と口論になり命を落としたり、一般人に暴行をするなど事件を起こして報道されると、あの事件を振り返るニュースが流れたりした。

週刊インディーテイカー編集部はあの頃よりも忙しく賑わっていた。新入社員の弁護士を目指していた社員はテキパキと仕事をこなしてくれたし、総合格闘技選手を夢見ていた社員は格闘技ジムをリポートする記事が格闘技マニアの間で人気になっている。漫画家を目指していた社員には自分のアイデアで週刊インディーテイカーの一つのコーナーで世間を風刺する漫画を書かせてみた。これが大好評で、週刊インディーテイカーは大人気の週刊誌となった。

新入社員だった彼らは活き活きと仕事をしていて、週刊インディーテイカー編集部の頼れる存在になっていた。

「樽坊ー！　助けてくれーー！」

相も変わらず宏人さんはデスクに座る自分にすがりついてくる。

「企画通ったんじゃないんですか？　宏人さん」

「ダメだった！　美味しい肉吸い紹介のコーナー、ボツ食らった！」

宏人さんは「どうすればいいいんだ！」と頭を抱えている。

「宏人君、なんで肉吸いにこだわるんだ？」

呆れるようにその光景を見ていた草壁編集長が聞く。

「肉吸い美味しいじゃないですか⁉　みんな肉吸い好きになったら世界は平和になりますよ！」

あまりにも慌てているのか、宏人さんは意味不明なことを言い出した。

「とにかく企画を変えなさい。今から必死に取りかかれば、締め切りには間に合うだろう」

「やー！　樽坊！　ヘルプー！」

宏人さんは首を振りながら、おもちゃをねだる子どものように自分にしがみついている。しかし自分にだって仕事はある。ここは申し訳ないが鬼にならなければいけない。

「すいません。宏人さん、俺も今から取材に行かないといけないんです」

「そ、そんな……」

自分は優しい力で宏人さんを引き剥がす。取材許可をもらいに草壁編集長のデスクに行くと、ある小説が目に留まった。

「草壁編集長、その小説って……」

「ああ、昨日発売だったたんだよ。読みたかったたんだよね」

草壁編集長はその小説を見せてくれた。

「南織江の『希望をくれた青年、未来をくれた青年』。なんでもすでに売り切れが続出しているみたいだね」

かつて織江さんが晄のために書き上げた小説である『お姫様の作る幸せなお城』は、リトルライト社系列のアメイジンググレイス社が出版すると、その物語に多くの人々が魅了され、瞬く間にベストセラーとなった。

立派な小説家となった彼女がオランダで療養生活をしながら、書き上げた次の作品も期待されていた。

「その小説、どうですか？　面白いですか？」

「俺もまだ途中までしか読んでいないんだけどね。でもすごく面白いよ。今も続きが読みたくてうずうずしているんだよ。小樽君は読んだかい？」

「まだ買っていないです」

「買って読むことをおすすめするよ。これは読まないと損するレベルだ」

草壁編集長が取材許可のサインをすると自分はオフィスを離れた。玄関でばったりとアメイジンググレイス社企画部の藤村さんと鉢合わせになる。どこか慌てている様子だった。

「藤村さん？　どうしたんですか？　こんなところで？」

「小樽君!?　大変なのよ！　聞いて！」

細長い足でこちらに向かってくると、藤村さんは自分に助けを求めていた。

「あのね、今日、横浜でオランダから来た織江先生が出版記念のサイン会をする予定だったんだけどね。ホテルに行くと置き手紙が置いてあったのよ！」

「置き手紙ですか？」

「『会いたい人がいるので新宿に行ってきます』って、ただそれだけ書き残していったの！　あの人このデジタルの時代に携帯電話持っていない人だから、連絡がつかないのよ！　今のこの世の中、置き手紙する人なんている!?　かぐや姫の歌じゃないのよ！」

「新宿にいるんですかね？」

「そげんなこと、わからんぎゃ！　警察に通報するのはちょっとまずいから、新宿ビルの草壁編集長に知らせようと思って、とにかく私も来たの！」

それじゃ、もしも見かけたら連絡して！　と藤村さんは言うと、ビルの中に入っていった。

忙しい日が続きそうだと思いながら、リトルライト社新宿ビルを後にした。

取材をしようと思ったのは、最近ドラマにちょこちょこと出始めている若手女優の立花椿姫だった。

あるインタビュー記事で父が昔は東京で俳優を目指していたこと、夢を諦めて滋賀で用務員をしながら一生懸命に育ててくれたことを感謝しているという記事を見つけ、もしかしたら彼女は、かつて滋賀の高校で自分にリトルライトの求人を見せてくれた用務員のおじさんの娘なのではないかと思ったのだ。

そんな運命のような出会いに期待を膨らませながら取材をしようと思ったのだが、残念ながら彼女は現在インフルエンザに感染してしまい、療養しているということだった。

骨折り損を食らってしまった自分はコーヒーでも飲もうかと思い、コンビニに立ち寄った。

雑誌コーナーには偶然にも一冊だけ昨日発売の『希望をくれた青年、未来をくれた青年』があった。小説を手に取るとレジに並び買った。

コーヒーを買うのを忘れてしまったことに気づき、どうしようかと思い悩む。カフェで時間を潰そうかと思い立ち寄った。

席に座ると『希望をくれた青年、未来をくれた青年』を眺める。二人の青年が少女に道を指し示すイラストが描かれていたが、なぜだか二人の青年には見覚えがあるような気がした。

一人の青年は優しく爽やかに描かれ、一人の青年は真っ直ぐ見つめる瞳で野性的な印象がある。

コツコツと足音がした。店員がオーダーを取りに来たと思ったが、少し息が荒かったのが気になった。

「一緒に座ってもいいですか？」

おっとりとした、少女のような懐かしい声に、まさかと思い見上げる。

「……お久しぶりです。小樽さん」

真っ白なミニドレスに身を包んだ満面笑顔の女性は南織江だった。オランダでの療養生活を終えて、肌の艶や、瞳の色も明るく見えた。

「……お久しぶりです。織江さん、その、見違えましたね」

幸せに溢れ、希望に満ちている彼女の姿、ショートヘアだった髪は長く伸び、調えられていて、心の底から美しいと思えた。

「さあ、誰かさんのおかげでしょうね」

織江さんは自分の前に座った。

「……あの人は、もういないんですよね……あの人にも、私が夢を叶えたことを伝えたかった……」

彼女が小さく呟いたあの人というのは、晄のことだろう。

「いないけど、いつまでも俺たちの記憶の中に残っていますよ。それに彼なら、きっと銀河鉄道に乗って、俺たちを見守ってくれていますよ」

「……本当に小樽さんって不思議な人ですね」

織江さんは微笑んでくれた。やはり彼女には笑顔がよく似合う。

「私の小説、買ってくれたんですね」

織江さんは『希望をくれた青年、未来をくれた青年』を指差した。

「読んでくれました？」

「まだ読んでいないんです。ちょうどさっき買ったばかりで」

「私、小樽さんの感想が聞きたいです」

楽しそうに織江さんが言う。早速読んでみようとページを開こうとした時、彼女が指で止めた。

「そうそう、小樽さんに、ちょっとした秘密の話をしますね」

織江さんは目の前にいる自分を見つめながら、ウインクをした。

「この小説に登場する希望をくれる青年と未来をくれる青年なんですけど、実在した人をモデルにしているんですよ」

織江さんは真っ直ぐこちらを見つめながら言ってくれた。その意味を理解して、自分は照れるように笑う。

希望を抱き、未来に期待を膨らませた彼女がどんな物語を作り上げたか、たまらなく気になり、最初の一ページを開いた。

了

著者プロフィール

時祭 恭介（ときまつり きょうすけ）

大阪府在住

山田悠介、唐辺葉介、朱門優の作品に影響を受け小説の執筆を始める。

【著書】

『死ねないモノたちは煌めく華に集まる』（2022年、文芸社）

イラスト協力会社/株式会社ラポール イラスト事業部

文学青年は死刑になった

2023年11月15日　初版第１刷発行

著　者　時祭 恭介
発行者　瓜谷 綱延
発行所　株式会社文芸社
〒160-0022 東京都新宿区新宿１－10－１
電話 03-5369-3060（代表）
03-5369-2299（販売）

印刷所　株式会社暁印刷

ISBN978-4-286-24662-8